ハーレクイン文庫

# 三つのお願い

レベッカ・ウインターズ

吉田洋子 訳



HARLEQUIN
BUNKO

# BRIDE BY DAY

by Rebecca Winters



Published by Harlequin Japan, a Division of K.K. HarperCollins Japan, 2024

# 三つのお願い

◆主要登場人物

サマンサ・テルフォード……………学生。愛称サム。
ジュールズ・グレゴリー……………サマンサの父親。
パーシアス・コストポーロス……実業家。
ソフィア・レオニダス……………パーシアスの元婚約者。

# 1

「マンハッタン清掃会社のサム・テルフォードです。私をおさがしだとか……」サマンサは言った。自分の名前をサムと短く名乗るのが好きなのだ。アパートメントからここまでずっと走ってきたのだが、途中で五月初めの突然の豪雨にあい、ずぶ濡《ぬ》れになってしまっていた。

エレガントな年配の秘書はかすかに見下したような目でサマンサを見つめた。「あなたが、ゆうべこのオフィスを清掃した人？」

「はい」

「そう。もう二時を過ぎてるわ。朝からずっと待っていたんですよ」

「うちの社長もなんとか私と連絡を取ろうとしていたらしいのですが、午前中授業に出ていたものですから。ついさっきアパートメントに帰って、ようやく社長から聞いたんです。ゆうべ、なにか落度があったんでしょうか？」

「まあね」曖昧《あいまい》な返事が返ってきた。「ちょっと……ここで待っていて」

サムは唇を噛《か》んだ。今、問題を起こして、唯一の収入源を失うわけにはいかない。残りのお金はもう百ドルしかなく、次の給料日まで、なんとかそれで食いつながなければならない状態なのだ。父親に――娘の存在を一度も認めたことのない、世界的に名の知られた肖像画家である父親に、援助を請うくらいなら、死んだほうがましだった。噂《うわさ》では、父はシチリアのどこかで、何人目かの愛人と暮らしているらしい。

いつか、アーティストとして成功したら、父の前に出ていき、堂々と自己紹介をしてみせる。サムは固く心に誓っていた。

ずっと〝悪事〟を働いてきながら、永久に罰を免れると思ったら大間違いだわ。

「ミズ・テルフォード？　ミスター・コストポーロスがお会いになります」

社長自らが？

サムの不安は増した。コストポーロス海運会社は、ニューヨークのアッパー・ウエストサイドにある六十八階建てのオフィスビルを所有する大企業だ。

漠然とした恐れを抱きながら、サムは両開きのドアを通り、十八時間前に自分が掃除したオフィスへ入っていった。

無意識に壁にちらりと目をやる。ほっとしたことに、数点の油絵やグラフィック・アートの中に、ピカソの作品もちゃんとかかっていた。一瞬、昨夜泥棒が入って絵が盗まれたのではないかと思ったのだ。それは個人のコレクションにしておくには惜しい作品で、サムは内心、パリのオルセー美術館のような美術館に飾られ、世界中の多くの人の目に触れられるようにするべきだと思っていた。

極端に単純化された線で、ブーケを持った両手を描いた、とても魅力的な絵で、もちろんオリジナルであることは確かだった。

ミスター・コストポーロスは、この至宝を手に入れるのに一財産を費やしたに違いない。たぶん、マリナ・ピカソの一族と直接交渉して手に入れたのだろう。

だが、サムの視線はすぐに、昼間の明るい光に満ちた重厚な部屋を支配している人物に吸い寄せられた。彼は横顔を見せて、窓際に立っていた。

ギリシアの神々のようながっしりとした体つき。神が光を創《つく》る以前の暗黒を思わせる漆黒の髪。鷲《わし》のような容貌《ようぼう》と、その翼のような眉。これほど強烈なオーラを発散する男性は、世界に二人といないだろうと思えた。

サムの好奇心を刺激したのは、彼の顎の右側にある五、六センチほどの無残な傷跡だった。ずいぶん古いもののようだ。

彼ほどのお金持ちがなぜ整形手術を受けないのだろう?

ミスター・コストポーロスは仕立てのよいグレーのシルクのスーツを一分の隙《すき》もなく着こなしていたが、どこか野性的な雰囲気を感じさせた。内部に荒々しい炎が燃えているような……。

「こっちに入りなさい、ミズ・テルフォード」

ふいに彼の視線がサムに向けられた。一瞥《いちべつ》しただけで相手のすべてを見通してしまうような鋭い目だ。明らかに、サムの格好は彼の不興を買ったらしい。

身長百六十一センチ、びしょ濡れの薄汚いジーンズに古いデニムのシャツという自分の姿が、ひどくみじめに感じられた。

いや、傲然《ごうぜん》と見つめている彼が気に入らないのは、服装よりも髪かもしれない。

今朝、お気に入りのスカーフが見つからず、サムは花の鉢をつりさげるために自分でデザインした、目の粗い網のような織物の残りで髪を一つにまとめていた。結わなかったら、豊かな金髪は巨大なモップのように広がってしまうのだ。

「もう入ってます」サムは挑戦的に言い返した。なぜなら、彼が脅そうとしているのがわかったからだ。部屋には張りつめた空気が漂っている。

「ゆうべここを掃除したのは君だそうだね」今まで耳にしたことがないような深い声だった。完璧《かんぺき》な英語だが、魅力的なギリシア語なまりがかすかにあった。

認めたらどうなの、サム？　これほどゴージャスな男性に出会ったのは初めてだって。想像すらしたことがないって。

「そうです」

「いつもここを掃除していた男性はどうしたんだね？」

「ジャックは病気で実家に帰ったものですから、私が担当することになったんです」

不動の姿勢で立っている彼は、ギリシアの最高神、ゼウスを彷彿《ほうふつ》とさせた。年のころは三十代後半。世間の噂が本当だとすれば、世界的に有名な歌手やモデルや女優たちが何人も、この実業界の大物である神秘的なギリシア人の妻になろうとして失敗していた。

もちろん、だからといって、彼に心の慰めとなる特別な女性がいないというわけではないだろう。きっと、世間やレポーターの目の届かないどこかに、愛する美しい女性を住まわせているに違いない。彼は定期的にギリシアに飛んでいるらしいから、たぶん祖国のギリシアに。

「単刀直入に言おう。ゆうべ、僕がアテネからニューヨークに向けて飛んでいる最中、重要な電話がこのオフィスにかかってきた。秘書は僕につないだが、雑音がひどくて聞き取れなかった。それで、あとでかけ直すことにして、彼女は相手の電話番号をメモしてデスクに置いておいた。しかし、僕が空港からまっすぐここに戻ったとき、デスクの上にはなにもなかった」

ミスター・コストポーロスがなにを言おうとしているかは明白だった。

サムは額に垂れた濡れた巻き毛をかきあげた。自分の手にそそがれている強い視線を意識しながら。爪が折れ、指に油絵の具がしみついた手――彼の秘書の手とは大違いだ。

「このビルを清掃するようになって半年になりますけど、不必要に物に触るべきでないことはわきまえています。私はごみを捨て、電気掃除機をかけ、洗面所を磨いただけです」

「このデスクの上にはなにもなかったと言うのかね？」

サムは鏡のように磨きあげられたデスクにすばやく視線を走らせた。デスクの上には電話しか置かれていない。「ええ。このとおりの状態でした。まるで、たった今家具専門店から運ばれてきたばかりみたいな……」

後半の部分は言うべきではなかった。思ったことをそのまま口に出すのがサムの欠点の一つだった。

「デスクの書類は秘書が片づけることになっている」ミスター・コストポーロスは冷ややかな声で言った。「それじゃ、屑籠《くずかご》の中身をあけたことは覚えているかね？」

サムは顎をかすかに上げた。「ええ。でも、屑籠はからっぽでした」

ミスター・コストポーロスは不愉快そうに唇をゆがめた。またしても生意気な小娘だと思わせてしまったらしい。

彼はブザーを鳴らして、秘書を呼び出した。「ミセス・アサス、君のメモ用紙を持って、こっちに来てくれないか」

すぐに秘書が小さなメモ用紙を持って入ってきた。その用紙の黄色に記憶を呼び起こされ、サムはうめき声をもらした。

「なにか思い出したようだね？」黒い目が冷酷そうに光った。

「そ、その用紙なら覚えています」サムは口ごもった。「でも、その黄色のメモ用紙は、床の屑籠の横に落ちていたんです。だから、きっとだれかが屑籠に捨てようとほうり投げて、入れそこなったんだろうと思って……」彼の顔がこわばるのを見て、サムは内心身震いした。「ちょうど私が求めていたものとぴったりだったので、それで……」彼女はうなだれた。「ポケットにしまいました」

ミスターー・コストポーロスは腰に両手を当てた。秘書がそそくさと姿を消すのを見て、サムは悪い予感がした。

ミスターー・コストポーロスは口の中でぶつぶつと悪態をついてから言った。「僕のプライベートなオフィスから、明らかに紙屑と思われる紙切れを、なぜくすねる必要があったのか、その理由を説明してもらおうか?」

なんて傲慢な態度なの!

「もちろん、ちゃんと理由は説明できます」サムは顔がかっと熱くなるのを感じた。「絨《じゅう》毯《たん》に掃除機をかけていたとき、デスクの下に私のコラージュにぴったりの紙を見つけたんです」

「コラージュ?」

「卒業課題です。今学期の初めに、担当のギディングズ教授から、公園や路上や床に落ちている紙切れだけを用いてコラージュを制作するように言われたときは、それほど興味を覚えなかったんですけど、だんだんおもしろくなってきて、この数週間、紙屑を求めて街を歩きまわっていたんです。地面ばかり見つめてね。ごみ容器をあさったり、鋏《はさみ》で切って形を変えたりしてはいけないんです。拾ったままの紙を使って、独創的で、しかも美に値する作品を創作しなくちゃならないんです」サムは熱中して、息もつかずに説明した。「作品の最後の仕上げに使うのに最適の紙切れを、ゆうべようやくこの部屋で見つけたときは、もううれしくて……それで……」

ミスター・コストポーロスの黒い目が線のように細くなった。「それで、僕の秘書がデスクに残しておいたメモが君のコラージュの一部になったって言うんだね？」

「ええ。でも、デスクの上から取ったんじゃありません。きっとドアを開け閉めしたときに風が起こって、床に落ちたんです」

「信じるにはあまりにもばかげた説明だが、まあ、ありえないことではないかもしれない」

「プライベートなオフィスに、ピカソの絵が飾られているほどばかげてはいないと思いますけど？」彼の態度が気にさわり、サムは自制心を失った。

ミスター・コストポーロスは目をぱちくりさせた。「ピカソがなぜここで出てくるんだね？」

「つまり、あなたと同じようにギディングズ教授もピカソが好きなんです。でも、教授はすぐれた芸術家でありながら、お金持ちじゃないから、一生ピカソの作品を自分のものにすることはできないでしょう。それなのに、美術愛好家ではあっても、たぶんご自分ではまっすぐな線一本満足に引けないあなたが、大金を支払ってピカソの絵を手に入れ、革張りのアームチェアに座って眺めていられる。それって不合理じゃありません？」私はどうかしている、とサムは思った。彼もきっと私のことを頭がおかしいんじゃないかと思っているに違いない。

途方もなく長く感じられる沈黙のあと、ミスター・コストポーロスはようやく口を開いた。「なるほど。では、どこにあるんだね、その……」思わせぶりな間があいた。「君の芸術作品は？」その口調にはまぎれもない嘲《あざけ》りの響きがあった。

彼は私の話を信じていないんだわ！

サムは新たに体内にアドレナリンがあふれ出るのを感じた。あいにく、アドレナリンはいつも彼女によけいなことを口走らせ、窮地に陥れる。「大学のギャラリーです」

「けっこう。それでは、すぐに大学へ取りに行こう」

「糊《のり》づけしたメモ用紙を無理に引きはがしたら、コラージュはだいなしになってしまいます」悔しいことに、最後のほうは声が震えてしまった。卒業課題のコラージュは輝かしい未来へのパスポートだった。サムはいつの日か、その作品を、父親に大いばりで突きつけるつもりだったのだ。作品を完成させるために払ったこれまでの努力を、ふいになんかさせるものですか！「たとえうまくはがせたとしても、書かれていた文字はもう読み取れないと思います」

ミスター・コストポーロスの胸が不気味に上下した。「どうしてもその番号を知る必要があるんだ。そんなうるんだ哀れっぽい目で、僕を思いとどまらせようとしたってむだだよ」

「哀れっぽい……」サムの声はほとんど金切り声に近かった。

「そう……まるで雨に濡れたブルーのパンジーのような目だ。言っておくが、僕は女性の涙に心を動かされたりはしない」

サムは歯をくいしばった。「それなら、私も言わせてもらいますけど、私は男性の地位や財力に恐れをなしたりしませんから。あなたはご自分のことを、眉を上げただけで人を震えあがらせる万能の神、ゼウスかなにかのように思っていらっしゃるようですけど、この私を脅そうとしたってむだです。どういう電話か知りませんけど、きっとまたかかってくるんじゃありません？　そんな電話より、私の卒業課題の点数のほうがよっぽど重要だわ！」

ミスター・コストポーロスの表情が凍りついた。「君のコメントは聞き流そう。君は僕について、世間の噂以外、なに一つ知らないのだから」

図星をさされて、サムは真っ赤になった。

「その……すみません、逆上してしまって……。でも、わかっていただきたいんです、ミスター・コストポーロス。私は卒業制作にかけているんです。それに、これから大学へ行っても、もう教授は帰られたあとかもしれません。とすると、週末ですから、月曜日までギャラリーには鍵《かぎ》がかけられて、だれも入れなくなるんです」

「それなら、だれか鍵を開けて中に入れてくれる人をさがすか、僕が教授に電話をかけるか、だな」

「でも……」

「さあ、行こうか?」

ミスター・コストポーロスは専用エレベーターの扉に向かってさっさと歩きだした。サムは仕方なくあとに従った。

エレベーターの中で、百九十センチ近い背丈のミスター・コストポーロスと並ぶと、サムは自分がいちだんと小さく感じられた。彼がボタンを押し、扉を閉める。一瞬、力強い腕が触れ、サムは思わずぞくりとした。一般用より狭いエレベーター内に、男のにおいと混じり合った清潔な石鹸《せっけん》の香りがかすかに漂った。

ミスター・コストポーロスは、サムの仲間の男子学生とは対照的だった。彼らはたいてい髭《ひげ》を生やしていて、貧乏で、栄養不良気味で、やさしかった。

どんなに自惚《うぬぼ》れの強い男性も、ミスター・コストポーロスには威圧されるだろう。そして、どんな女性も、彼に惹《ひ》かれずにはいられないだろう。彼には抗しがたい魅力がある。

またたく間にエレベーターは六十数階下の地下の駐車場についた。口髭をたくわえた男が待ち受けていて、ガレージから黒いベンツを出し、エレベーターの扉の前にとめた。男は車から降りると、助手席側のドアを開け、手を添えてサムを助手席に乗せた。その間に、ミスター・コストポーロスは運転席に乗りこんだ。

ミスター・コストポーロスは男としばらくギリシア語でなにか話していたが、やがて声をたてて笑った。たぶん、信じがたいサムの説明を、彼に話して聞かせたのだろう。彼女はうんざりしながら思った。ミスター・コストポーロスはメモ用紙を実際に手にするまで信じる気はないのだ、と。

「心配しなくていい、ミズ・テルフォード」渋滞した通りに車を進めながら、ミスター・コストポーロスは低い声で言った。「ジョージが、まだ小さい息子の最近のいたずらについて話してくれたんだ。君がメモ用紙をくすねた件は一言も言ってない」

なんてことかしら。私が考えていることをすべてお見通しなんだわ。

「よけいなことは考えずに……」彼は口調を変えずに続けた。「今は案内役に専念してくれ。僕は四時半に約束があるんだ。そのことを忘れないでほしい」

サムはデニムのシャツの裾《すそ》をもてあそんだ。「忘れないように気をつけますけど、でも、こんなに渋滞していたら、着いたとき、もう芸術学部の入口は閉まってしまっているかもしれません。あ、次の角を左に曲がってください」

ミスター・コストポーロスは座席の背にゆったりと寄りかかり、まるでニューヨークのタクシードライバーのように熟練したハンドルさばきで車線変更をした。「もし君がわざと遠まわりをさせようとしているのなら、いいかい、今日中に君は職を失うことになるぞ」

サムはかっとなった。「私の預金口座にはあと百ドルしか残っていないんです。なのに、わざわざくびになりそうなことをするわけがないじゃありませんか」そして、小さくつぶやいた。「もちろん、こんな私の状態なんて、あなたには想像もつかないでしょうけど」

そのつぶやきが彼に聞こえたらしく、思いがけず低い笑い声が響いた。

「セリフォスの貧しい裸足《はだし》の少年が、だれもしたがらないような仕事をして、わずかなお金を稼ぐのがどういうことか、知らないとでも思っているのかい？」

ミスター・コストポーロスがその裕福な生活の陰に隠された過去をちらりとのぞかせたことに気づくのに、サムはしばらくかかった。「たしか、オナシスも同じような境遇でしたね」

サムも愚かな大衆と同じく、ミスター・コストポーロスは資産家の生まれで、相続財産で優雅に暮らすすべを身につけた人物だと決めつけていたのだ。

サムはもっとミスター・コストポーロスについて知りたくなった。だが、ここで質問するわけにもいかない。彼については、新聞や雑誌などで読んだゴシップの類《たぐ》いしか知らなかったが、直接会った印象は、マスコミによって喧伝《けんでん》されているよりもはるかにエネルギッシュで、魅力的だった。

渋滞にもかかわらず、予想していたよりずっと早く大学に到着した。サムが運転していたら、倍は時間がかかっただろう。

ミスター・コストポーロスは教職員用の駐車場に車をとめた。

「ここに無断駐車すると、車を持っていかれてしまいますよ」サムは注意した。

「そうしたら、いつでもジョージがリムジンで迎えに来てくれるさ。それよりメモを見つけるのが先決だ。行こう」

小走りで彼についていったサムは、建物に入ったとたん、ギディングズ教授の秘書がまだ帰らずに残っているのを知り、安堵《あんど》の吐息をついた。「ロイス?」

年配の女性秘書が顔を上げた。「あら、サム。なにか忘れ物でも?」

ロイスが連れの方をできるだけ見ないように努力しているのがわかった。だが、それでも彼女の目はつい魅力的な紳士の方に向けられてしまうようだった。まあ、無理もないけど、とサムは思った。

事情が事情だったから、サムは二人を紹介しないことにした。できるだけ人目を引かないほうがいいだろう。ミスター・コストポーロスもそう望んでいるのは明らかだった。

「私のコラージュをちょっと返してほしいの」

「まさか、冗談言わないで！　ギャラリーにはそれこそ百点ぐらい作品が立てかけてあるのよ。それに、もう帰るつもりで、鍵をかけてしまったわ」

「緊急事態なのよ、ロイス。返してもらうまでは私はここを動けないの」

「ギディングズ教授は提出期限の延長を認めたりはなさらないわ、サム」

「私、本当に困った立場に追いこまれているの。コラージュの一部を修正しなくちゃならないのよ。月曜日の朝一番に戻すから、教授には知られないわ。お願いよ、ロイス。頼みを聞いてくれたら、あのテーブルクロス、あげるわ……ほら、前期に私が作ったあれ」

ロイスの目がまるくなった。「一生手放さないって言ってたじゃない」

サムはミスター・コストポーロスをちらりとうかがった。「ええ……でも、気が変わったの」

ロイスもサムの視線を追い、彼の方をちらりと見てから、声をひそめてささやいた。

「私に隠していたのね。すごくゴージャスな人じゃない。いったいどこで、あんなすてきな人を見つけたの？」

「夜やってるアルバイト先でよ。ロイス、お願い、私を助けて！」

「ほんとにそんなにコラージュが必要なの？」

「ええ。死活にかかわる問題なの」それは嘘《うそ》ではなかった。実際、サムは、もし例のメモ用紙を返すことができなかったら、自分の人生はカンバスにはりつけた紙屑ほどの値もなくなるだろうという気がしていた。

ロイスは大きなため息をつくと、引き出しから鍵を取り出した。「わかったわ。ギャラリーへ行って、取ってきて」

「ありがとう！」サムはカウンターごしに身を乗り出して、秘書を抱き締めた。「彼がさがすのを手伝ってくれるはずだから、そんなに時間はかからないと思うわ」

サムは鍵を受け取ると、ミスター・コストポーロスについてくるように合図し、急いで廊下を進んでいった。

「なにを目安にさがせばいいんだい？」彼の低い声が暗闇《くらやみ》に響いた。

サムは手さぐりで壁の電気のスイッチをさがした。心臓が痛いくらい激しく打っている。

ミスター・コストポーロスがすぐそばに立っていて落ち着かなかったし、メモ用紙を破らずにはがすことはできないかもしれないという不安もあった。たとえ無事にはがすことができたとしても、電話番号が読み取れるだろうか？

「私の作品がまずまずの出来だったら、あなたは簡単に見つけ出せるはずです」

「謎《なぞ》かけかい？」

「そういうわけじゃありませんけど。ただ、私の作品があなたの目に飛びこんでくれればいいと願っているんです。そうすれば、いくらか作品の出来に自信が持てますから」

サムは照明のスイッチを見つけた。ギャラリーが煌々《こうこう》と照らし出される。ありとあらゆるデザインと色のコラージュが部屋中に立てかけられていて、人が動きまわれるスペースはわずかしかない。

サムは膨大な数の作品を次々と見ていった。しばらくして、ミスター・コストポーロスの黒い目が刺すように彼女を見つめた。

「見た瞬間に僕の目をくらませる、強烈な色彩や奇抜なデザインの作品は、すでに十点ほどあったよ」皮肉たっぷりな口調だった。

不安といたずら心から、サムはできるだけ真実が明らかになる瞬間を引き延ばしたいと思っていたが、そろそろ時間切れになりそうだった。「ヒントを差しあげます。あなたに親しく語りかけてくるのは、きっと私の作品だけでしょう……」彼女は言葉につまった。

「さっきも言ったように……もし私が狙《ねら》いどおりに表現できていたら」

「もう時間がないんだ、ミズ・テルフォード」

「わかりました。私はあなたのオフィスビルのコラージュを作ったんです」

# 2

「僕のオフィスビルの？」

「ええ。あのロイヤルブルーの図柄のあるクリーム色のビルは、この街で最も美しい建物ですから。毎晩あそこの清掃をするようになって、あのビルを私の作品のモチーフにしようと思ったんです。ただ、寂しく見えないように建物を人でいっぱいにしましたけど」

「寂しく見えないように？」

「ええ。あなたのビルはすばらしいギリシアの神殿を連想させます。壮大だけど、ちょっとよそよそしい感じ……。だから、もっと楽しげな雰囲気にしようと、すべての窓に人を配してみたんです」

またしても舌がすべりすぎた。

だが、ビルの所有者であるミスター・コストポーロスと会った今、サムは自分がなぜそういう印象を抱いたのかわかるような気がした。建物と同じように、彼にも超然としたところがあった。

じっとこちらを見つめているミスター・コストポーロスの視線を避け、サムは急いで腰をかがめると、作業に戻った。彼の存在を忘れようと努めながら。しかし、自分がミスター・コストポーロスと同じ部屋にいるという信じがたい事実を頭から追い払うことは不可能だった。

サムはちらちらとミスター・コストポーロスの姿をうかがった。彼はおざなりにではなく、一点一点興味深げに眺めていた。コラージュの多くは奇をてらったものだったが、中には、サムが心から傑作だと思う作品もわずかにあった。彼もそう思っているらしい。サムは、自分の作品がほかのどの作品よりも抜きんでていると彼に認めてもらいたかった。

さがしはじめて、さらに五分が経過したとき、サムには自分の作品がここには保管されていないのではないかと思えてきた。そのとき、ミスター・コストポーロスの低い声が聞こえた。

サムは顔を上げた。彼が一枚のカンバスを引っぱり出し、目の前に掲げて眺めている。

「本当にこれを拾った紙屑《かみくず》で作ったのかい？」

それは、信じられないという口調だった。だが、彼が感嘆しているのか、あきれ果てているのか、サムには判断がつかなかった。

「ええ」サムは小さな声で答えた。

居心地の悪い間があってから、ミスター・コストポーロスは尋ねた。「それで、僕のメモ用紙はどこだね？」

　そのぶっきらぼうな口調を、サムは当然だと自分に言い聞かせた。床に落ちていたとはいえ、彼のオフィスから勝手にメモ用紙を持ち出したのは事実なのだから。「最上階の右側の窓です」

　サムはミスター・コストポーロスのそばに近づき、震える指で差し示した。

「そこは僕のオフィスだ」

「別に……他意はなかったんです」サムは急いで言った。「でも、確かに不思議な偶然ですね」

「本当に偶然なのかい？」疑わしげな声だ。

　ありがたいことに、そのときロイスがギャラリーをのぞいた。

「見つかった？　そろそろ閉めたいんだけど」

「今出るところよ。ありがとう、ロイス。恩にきるわ」

「月曜日の朝八時までに戻すことを忘れないで。さもないと、卒業延期になるかもしれないわよ」

「君は卒業の予定なのかい？」コラージュをトランクに入れ、再び車に乗りこんだとき、ミスター・コストポーロスが尋ねた。

「ええ、一週間後に。でも、ロイスが言ったように、もし作品を持ち出したことがわかったら、ギディングズ教授に卒業延期を言い渡されるかもしれません。そんなことになったら、どうしよう。もう一度授業料を工面しなくちゃならなくなるわ」

「今から心配したって仕方がないさ。もし最悪の事態になったら、君の担当教授に僕から理由を説明しよう」

サムは首を振った。「教授がいったんこうと決めたら、だれにもその決心を変えられないと思いますけど」

「まあ、やってみるさ」ミスター・コストポーロスはあっさりと言うと、無言で来た道を引き返した。彼のオフィスビルが見えてきたとき、サムはふいにパニックに襲われた。

「ミスター・コストポーロス……私のアパートメントで降ろしてもらえませんか？　特別な道具がなくちゃ、作業はできないんです。あなたはどうぞ約束の場所へいらしてください。作業を終えたら、お電話しますから」

「君の住所は？」

ミスター・コストポーロスが提案を受け入れてくれたことにほっとしながら、サムは道順を教え、座席の背にもたれた。これでもうすぐ彼と別れられる。ミスター・コストポーロスにそばに立たれて肩ごしにのぞきこまれたりしたら、仕事などできるわけがなかった。

「次の信号を左に曲がったところで降ろしてください。私のアパートメントはそのすぐ先ですから」

車が信号の角を曲がり、スピードを落としたとき、サムはドアの取っ手に手をかけた。が、取っ手は動かなかった。「ロックをはずしてくださいません？」

サムの要求が聞こえなかったらしく、ミスター・コストポーロスはジャケットの内ポケットから携帯電話を取り出して、秘書に面会の予定を来週に延ばすように指示した。

ふいにサムの心臓は早鐘を打ちだした。彼はアパートメントまでついてきて、私の〝外科手術〟に立ち会うつもりなのではないだろうか？

手のつけられないほど散らかっている狭いアパートメントに、彼を入れるわけにはいかなかった。キッチンとリビングルームは一つにつながっていて、客が座ることのできる場所は長椅子だけだ。けれど、その椅子も、上に雑多なものが積みあげられていて、片づけるのに五分はかかるだろう。

サムはミスター・コストポーロスを説得しようとした。アパートメントの前は配達用トラックの駐車区域で、一般の車はとめておけないのだと言って。しかし、むだだった。

サムが車から降りると、すでにミスター・コストポーロスはトランクからコラージュを取り出し、先に立ってアパートメントの玄関へと歩きだしていた。

ロビーに入ると、サムはエレベーターに乗りこむために暗証番号を押した。閉所恐怖症のような息苦しさを覚えながら、大きく一つ深呼吸をする。「ほんとに階上《うえ》まで一緒にいらっしゃる必要はないと思います」彼女はあきらめずに言った。「電話番号さえ教えていただけたら、作業が終わり次第、ご連絡しますから」

エレベーターの扉が開くと、ミスター・コストポーロスはサムに先に乗るように身ぶりで示した。「ここまで来たんだから、メモ用紙をちゃんともらって帰るさ」

二人は、エレベーターが七階に到着するまで無言でいた。エレベーターを降りると、ミスター・コストポーロスはサムの部屋の前まですぐあとからついてきた。

ドアの鍵《かぎ》を開ける前に、サムは振り向いた。「車の中でお待ちになっていたほうがいいと思いますけど」

彼は眉をひそめた。「もし恋人にどう思われるか心配しているのなら、君のプライバシーが侵害されることになった理由を、喜んで彼に説明させてもらうよ」

サムは顔に血がのぼるのがわかった。「私一人でも狭すぎるくらいで、とても人を招けるような部屋じゃないんです」

ミスター・コストポーロスは広い肩をすくめてみせた。「そんなことはかまわない。僕は子供のころ、クローゼットほどの部屋で暮らしていたんだ。恥じるようなことはないさ」

サムは歯をくいしばった。「お客様を迎える心づもりをしていなかったものですから」

「僕は客じゃない。さあ、鍵を貸して」

ミスター・コストポーロスはサムのこわばった指から鍵をもぎ取ると、ドアを開け、身ぶりで彼女を促した。

「これをどこに置いたらいい?」サムに続いて部屋に入ると、彼は尋ねた。

サムはカードテーブルの方へ歩いていき、今朝急いでいて、食べたまま残していったオレンジの皮をあわてて片づけた。それから、なんの言い訳もしないで、小さな声で言った。

「ここに置いてください」

床にほうり出してあるヘアドライヤーや、スプレーの色がついた新聞紙を踏まないように注意しながら、ミスター・コストポーロスはコラージュを運んできた。昨夜、サムは作品の最後の仕上げのコーティングをし、急いで乾かそうと、ヘアドライヤーを使ったのだ。

「金槌《かなづち》と鑿《のみ》を取ってきます」道具類は寝室の小さなリネン用の戸棚の中にしまってあった。

サムは道具を持ってリビングルームに戻ると、カードテーブルの上に置いた。ミスター・コストポーロスが長椅子の肘掛けに腰を下ろし、椅子の背にかけてある彼女の最新作のテーブルクロスをしげしげと眺めている。

ふと、サムは彼の左手になにかが握られているのに気づいた。驚いたことに、それは麺《めん》棒だった。そのとき、彼の黒い目の奥にいたずらっぽい光がよぎった。

「侵入者に備えて護身用にいつも手元に置いているのかい?」

サムは目をぱちくりさせた。ミスター・コストポーロスに言われるまで、そんなことは思いもしなかったからだ。「それはいい考えだわ!」

思わず口をついて出た彼女の言葉に、ミスター・コストポーロスはおかしそうに口元をゆがめた。

「本当はコラージュを作るのに使うんです」

「どんなふうに？」

「興味がおありなら、実演してみせましょうか？」

「ああ、ぜひ」

サムは彼の手から麺棒を受け取ると、床に広げたままの新聞紙の端をちぎって、手でくしゃくしゃにまるめた。それから、出しっぱなしになっているグラスやフォーク類を片づけてから、カウンターの上にその新聞紙の塊を置き、麺棒で軽くたたきはじめた。

「こんなふうに十回ほどたたくと、味のあるしわができるんです。コラージュに使った紙切れを一枚一枚、全部こうしたのよ。それから紙を広げて、ヘアスプレーをかけるの。そして乾いたら、手で人間や建物を形作り、それから壁紙用の糊《のり》にひたして、カンバスに置いていくんです。ほら……」サムはカードテーブルの上に立てかけてあるカンバスを目で示した。「スプレーをかけると色に透明感が出て、磁器でできているような効果を出せるんじゃないかと思って」

「君の狙《ねら》いは成功してるよ。実際、狙った以上の効果が出ている」彼はきっぱりと断言した。

ミスター・コストポーロスにほめられ、サムは小躍りしそうになった。だが、そのうれしさを押し隠し、急いでカードテーブルに戻ると、作業に取りかかった。

まずカンバスをテーブルの上に水平に置く。注意深く鑿の刃先をコラージュのビルの窓枠に当てると、サムは金槌で鑿の柄をこつこつとたたきはじめた。

しかし、カードテーブルが小刻みに揺れるのを考慮に入れていなかった。カンバスは徐々にすべっていき、あっと思った瞬間、鋭い鑿の先がてのひらに当たった。血がカンバス一面に飛び散り、サムは思わず叫び声をあげた。

ミスター・コストポーロスは走り寄ると、すばやくポケットから真っ白のハンカチを取り出し、サムの手をつかんで傷口を押さえた。

彼に手を握られて、サムは痛みを忘れるほど胸がどきどきした。

「傷口がけっこう深いから、自然にふさがるのは無理だろう。医者に縫ってもらったほうがいい」

「大丈夫」サムはかぼそい声でつぶやいた。どういうわけか、いつも血を見ただけで気が遠くなる。サムは彼にしがみつきたい衝動と必死で闘った。「保険に入ってないし、医者にかかる余裕はないんです」

「君に払わせるつもりはないさ。僕のかかりつけの医者のところへ行こう」

「でも、私のコラージュが！　早く血をふかなくちゃ……」

サムの言葉を聞くなり、ミスター・コストポーロスはカンバスをシンクへ持っていき、水をかけた。またたく間に血が洗い流され、作品は元の状態に戻った。彼は再びコラージュをカードテーブルの上に立てかけた。

「コラージュを保護するために、コーティングをしておいたのは先見の明があったね。さもなければ、水が紙にしみこんで、君のすばらしい作品がだいなしになるところだった。さあ、心配がなくなったから、医者に行こう」

彼のほめ言葉に、サムは心が温かくなり、素直に同意した。

信じがたいことに、サムは再びミスター・コストポーロスの車に乗っていた。二人は妙に押し黙っていた。彼はもの思いにふけっているようだった。そして、それはサムも同じだった。この数時間の間に起きた出来事がどうしても現実のこととは思えず、頭が混乱していた。

ミスター・コストポーロスはクリニックにサムを連れていった。もちろん受付係は彼を知っていて、待合室に患者が何人か待っているにもかかわらず、彼の一言ですぐにサムをあいている診察室に通した。

ドクター・ストライクがミスター・コストポーロスと同国人であるのは明らかだった。黒い髪の魅力的なドクターは颯爽《さっそう》と、満面に笑みを浮かべて入ってきた。「パーシアス！」彼はミスター・コストポーロスに呼びかけた。

パーシアス――つまり、ペルセウスというわけだ。ギリシア神話に出てくる、ゼウスとダナエーの息子で、メドゥーサを殺し、アンドロメダを海の怪物から救った英雄の名前だなんて、彼にぴったりではないか。

ドクターはパーシアス・コストポーロスと古い友人らしく、しばらくギリシア語で話をしてから、診察にかかった。ドクターはサムの傷口を三針縫うと、包帯を巻き、破傷風の注射をした。その間もパーシアスと雑談を続けていたが、サムはドクターの目に好奇心があふれているのを見て取った。

どうやら、パーシアス・コストポーロスのような大物がサムのような取るに足りない女子学生を連れている理由をさぐろうとしているらしい。

だが、パーシアス・コストポーロスのほうは明らかに、サムを診察に連れてくるに至ったいきさつを隠しておきたがっているようだった。

治療が終わり、サムがドクター・ストライクに礼を述べるなり、パーシアスは彼女の肘に手を添え、せきたてるようにしてクリニックを出た。

「仕事に取りかかる前に、なにか飲み物を作ろう。その間、ドクターの指示どおり、手を上げて休んでいるといい」サムのアパートメントに戻ると、パーシアスは言った。

サムは気弱になっていて、パーシアスに逆らう気になれなかった。傷のことなどたいして気にはしていなかった。サムを混乱に陥れているのはパーシアスの存在だった。だが、そのことを彼に悟られたくなかった。

無力感を覚え、サムは長椅子の端に腰を下ろした。これから数時間のうちに、作業をやりおえなくてはならないのだ。それに、修復した作品をどうやって歩いて大学のギャラリーまで運んだらいいのだろう？

「食器棚の中にお茶の葉があるわ」彼女は力なく言った。

パーシアスはジャケットを脱ぎ、ネクタイを取ると、シャツの袖《そで》をまくりあげて、勝手知ったるように湯をわかしにかかった。サムは半分目を閉じたまま、狭い場所を器用に動きまわる彼の姿を見守っていた。

どんなにせがまれても、サムはこれまで男友達をアパートメントに入れたことがなかった。それなのに、パーシアスはいとも簡単に彼女の震える手から鍵を奪い、彼女の部屋を、彼女の人生を、支配してしまったのだ。

サムは頭を椅子の背にもたせかけ、久しく忘れていた世話をやかれることの心地よさを味わっていた。実際、あまりにも心地よくて、パーシアスが突然自分の人生に侵入してきた理由を忘れかけていた。だが、彼が熱い紅茶の入ったカップをサムに手渡して、コラージュに取り組みはじめたとたん、はたと我に返った。

パーシアスはするべきことを正確に知っているようだった。道具を手に取ると、身をかがめてメモ用紙をはがしはじめた。肩の筋肉の動きに、つい視線が吸い寄せられる。そんな自分にいらだちながら、サムは紅茶を飲んだ。いつも自分でいれるのより濃くて、砂糖がたっぷり入っていた。彼女は口元をほころばせた。ギリシア人は甘いもの好きで知られている。彼も例外ではないらしい。

「さあ、うまくはがせたよ」満足げな声がした。「それで、次はどうするんだい？」

サムははっとし、表情を引き締めた。「紙を広げるために、溶剤につけて糊を落とさなくては……。ちょっと待ってて。溶剤を取ってきます」

「どこにあるか言ってくれたら、僕が取ってくるよ」

その断固とした口調に、サムは逆らってもむだだと悟った。それでも、彼に溶剤のしまってある寝室のクローゼットを見られないですむ方法はないかと必死で考えた。クローゼットのドアのフックにはネグリジェや下着などがかけてあるのだ。そんなことを気にする女性は、最近では少ないのかもしれないけれど。

「なにをためらっているんだい？」言いしぶっているサムに、パーシアスはいぶかしげに尋ねた。

サムは観念したように目をつぶった。「溶剤は……寝室のクローゼットの箱の中にあります」

サムは目を閉じたまま、パーシアスが寝室から戻るのを待った。だが、数分たっても戻ってくる気配がないので、しだいに不安になり、ようすを見に行こうと立ちあがった。紅茶で元気が出たのか、ふらつきはおさまっていた。彼女は急いで寝室へ行った。

「箱は四角い……」サムは言葉をのみこんだ。

パーシアスはクローゼットの中身をほとんど全部引っぱり出していた。棚に置いてあったものだけでなく、ハンガーにつるしてあったものまですべて。そのほとんどが、サムが十代の初めのころからデザインしてきた生地のサンプルだった。

ベッドに大きなサンプルが何枚か広げられている。手描《てが》きやステンシルのものだけでなく、織物もある。パーシアスはサムが入ってきたのに気づいていながら、顔を上げようともしなかった。

「これはどこで手に入れたんだい？」彼は低い声で尋ねた。

「私がデザインしたんです」

パーシアスは振り向いた。その刺すような視線に、サムはとまどった。

「もし本当なら、君には非凡な才能がある」

「そう思います？」サムは思わずうわずった声を出した。

美術愛好家で知られる、世界的に有名な大企業の経営者からほめられて、サムは有頂天になった。

サムはよく仲間たちから作品をほめられた。だが、どういうわけか、担当教授の称賛を得たことは一度もなかった。

ときどき、ほんの少しでも認められたくて、自分がジュールズ・グレゴリーの娘であることを打ち明けたい誘惑に駆られることもあった。だが、プライドが父親の名前を利用することを拒否した。

世間の評判はどうあれ、サムは父親のことを、母親が亡くなったことも、娘が独りぼっちで残されてしまったことも、まったく気にかけない卑劣な男だと思っていた。

苦々しい思いをぐっとのみこみ、サムは溶剤の缶を手に取ると、急いでリビングルームに戻った。あとからついてきたパーシアスが彼女の手から缶を受け取り、蓋《ふた》を開けた。彼と手が触れ合ったとき、サムの体をかすかな電流が走った。

パーシアスは、寝室から逃げるように戻ったサムをいぶかしげに見つめていた。しかし、サムは彼と目を合わせるのを避け、食器棚の中をかきまわして、適当な器をさがした。

「もしあなたの秘書が電話番号をペンで書きとめていたなら、溶剤につけても消えないと思いますけど、鉛筆を使ったのなら、残念ながら、消えてしまうかもしれません」

「彼女は両方使っている」パーシアスはつぶやくと、サムから受け取ったボウルに液をそそいだ。それから、黄色い紙の塊をその中にひたした。「どのくらいつけておけばいいんだい？」

手の傷がずきずき痛みだしていた。さらに悪いことには、頭痛までしてきた。たぶん、うまくいかなかったらという不安と、作業が終わったらパーシアス・コストポーロスはここから去って、もう二度と会うこともないだろうという失望のせいに違いない。あと数分したら、彼は自分とはまったく無縁の人になってしまうと思うと、サムは打ちのめされた。

「いちおう一分ほどつけてから、いったん取り出して、溶け具合を見てみましょう」

パーシアスは彼女の指示どおりにし、それから頭を振った。「もう少しつけたほうがよさそうだ」

「それじゃ、あと二分」

パーシアスはもう一度、紙の塊を液に沈めた。

サムは少し離れて見守っていた。彼といる時間が刻一刻と過ぎていく焦燥感に駆られながら。だが、ついに耐えきれなくなって、出し抜けに尋ねた。「その電話番号がなぜそんなに重要なの?」

パーシアスの体がこわばるのを見て、サムはよけいな質問をしたことを後悔した。

「二十年前、最愛のフィアンセがナイフで僕の顎を刺して、姿を消したんだ」

フィアンセ?

「それからずっと彼女をさがしつづけてきて、最近ようやく居場所を突きとめかけていた。僕の得た情報から考えて、オフィスに電話してきて自分の電話番号を秘書に残したのは、たぶん彼女だろう。僕から逃げていることに疲れたのかとも思ったが、どうもそうではないらしい」パーシアスの声には冷酷な響きがあった。

サムはショックのあまり、体が震えだすのをとめられなかった。彼の顎の傷跡を、若いころに街で喧嘩《けんか》でもしてできたものだろうと想像していたのだ。

「でも、なぜ？　あなたと彼女は婚約するほど愛し合っていたんでしょう？」

パーシアスの表情が硬くなった。「ああ。僕たちはデロス島のアポロの神殿で愛を誓い合った」

その告白に、サムが嫉妬《しっと》を覚えるいわれはなかった。パーシアス・コストポーロスは自分とは無縁の存在なのだ。

しかし、サムは激しい嫉妬を覚えた……。

「それなのに、なぜ……」

「もう十分柔らかくなったと思うよ」パーシアスはサムの質問をさえぎった。

なにかがサムに、これ以上立ち入ってはいけないとささやいた。

黄色の紙の塊を開くパーシアスの手元を、サムは固唾《かたず》をのんで見守った。だが、すぐに大きく吐息をついた。黄色の紙に書かれていたはずの電話番号は消えていた。

パーシアスはまるで火傷《やけど》でもしたように、その紙をカウンターの上にほうり投げた。

「本当にごめんなさい」サムは胸が締めつけられるような思いで言った。「私があなたのオフィスの清掃を担当さえしなかったら……」

「後悔しても遅すぎるよ、ミズ・テルフォード」その言葉は岩のようにサムの頭上に落ちてきた。「壁紙用の糊はどこだい？　コラージュを元どおりに直そう」

「そんなこと、かまわないわ。私がやりますから」

「怪我《けが》をした手じゃ無理だ」

パーシアスはすばやく部屋を出ていき、廊下の床に置いてあった糊を持って戻ってきた。そして、器用な手つきでコラージュのはがした部分を完璧《かんぺき》に元どおりにした。サムはただ仕上げにその部分にスプレーをかけただけだった。

「ありがとう」サムは小声で礼を言った。しかし、パーシアスに聞こえたかどうかはわからなかった。

パーシアスはスーツの上着から携帯電話を取り出して、だれかとギリシア語で話をしていた。結局、電話番号がわからなかったことを、雇っている私立探偵の一人に知らせているに違いない。

電話をかけおえたら、すぐにも彼は出ていくだろう。そして、もう二度と会うこともないだろう。そう思うと、サムは胸が張り裂けそうだった。

話を終えたパーシアスが、サムをじっと見つめた。

彼は別れの言葉を言おうとしている。いよいよ、さようならだ！　でも、私はもう彼を知る前の自分には戻れないだろう。決して！

# 3

「予定をキャンセルして、二人分の食事を配達してくれるように頼んだよ」

サムはよろめき、長椅子の背をつかんで体を支えた。「なんですって?」

「今日は君にひどい苦痛を味わわせたから、埋め合わせをしなくちゃね。それに、僕は腹ぺこなんだ。きっと君もそうだと思う」

「それは……そうですけど……でも……」

「それじゃ、決まりだ」パーシアスはあっさりとさえぎった。「僕が片づけるから、君はドクターの言いつけに従って休んでいてくれ」

「いいえ、やめてください。そんなこと、あなたにお願いできません」

「君に僕をとめることなんてできないさ。ついでに言うと、君がクリニックで診察を受けている間に、マンハッタン清掃会社と連絡を取って、君の怪我《けが》のことを話したんだ。担当者が、治るまで仕事を休むようにと言っていたよ。まあ、数日中には復帰できるだろうと言っておいた」

そう言うと、パーシアスは部屋を片づけはじめた。サムは長椅子に座りこんだ。予期しないなりゆきに困惑し、逆らう意欲も失っていた。きっと、神様が私の願いを聞き届けて、もうしばらくパーシアスと一緒にいられるようにしてくれたのだろう。だが、サムはそのことに感謝するほど謙虚な人間ではなかった。彼女はさらに貪欲《どんよく》に、いつまでも彼と一緒にいたいと願った。

残念なことに、三十分もしないうちに、玄関のドアをノックする音がした。サムが立ちあがる前に、パーシアスがさっさとドアを開けた。

「カリスペラ、アリアンナ」彼が声をかけた。

「ギア・サス、キリエ・コストポーロス」大きな袋をかかえた黒髪の年配の女性が応《こた》えた。

サムのところまで、おいしそうなにおいが漂ってくる。彼女は思わず唾《つば》をのみこんだ。こんなごちそうのにおいをかぐのはいつ以来だろう?

「エフハリスト」

最後の言葉だけは〝ありがとう〟という意味だろうと想像はついたが、二人の会話はサムにはまったく理解できなかった。女性が帰ると、また二人きりになった。

「アリアンナの料理の腕はニューヨーク一だよ。今夜のメニューは挽《ひ》き肉のカバブと、子羊をトマトとチーズと一緒に焼いたものだ。それから、デザートは、ガラト・ブリコ。カスタードをたっぷり使ったペストリーだよ。きっと君の気に入る」

サムは料理を山盛りにした皿を受け取った。「どれも、とってもおいしそう」

「ああ。でも、近々僕らはセリフォスに行くから、あっちで家政婦のマリアの料理を味わえる。彼女の料理を口にしたら、君は〝ごちそう《アムブロシア》〟の真の意味を理解するだろう」

サムの心臓がどきんと鳴った。「どういうこと？　セリフォスに行くって、いつ？」

パーシアスはすでに旺盛《おうせい》な食欲を発揮しながら、サムと目を合わせないようにしていた。

「結局、神は君にほほえみかけなかったってことだ。君は僕のオフィスから他人のものをくすねたんだから、償いをしなければならない」

あまりにもなめらかな口調だったので、彼の言葉の意味を理解するのに数秒かかった。不安がつのり、サムは食欲を失った。

「どうやら僕のフィアンセは二十年ぶりにセリフォスに戻ってきたらしい。若いころ、悲嘆のどん底に突き落とした相手とよりを戻そうという魂胆からね。それで、僕と再会する前に、許しを請おうと電話をかけてきたようだ。結局、彼女に電話をかけ直すことができなくてよかったと思っている。君を僕の妻としてセリフォスに連れていけば、どんな言葉よりも雄弁に、彼女に僕の気持ちを伝えられるだろうから。君はただ僕の新婦としてふるまってくれればいい。昼間だけね」

昼間だけの新婦？

彼は本気で私を盾にして、深く愛しているフィアンセと対決するつもりなのだろうか？

そんな途方もない考えを聞かされたら、ヒステリックに笑いだしても当然だった。あるいは、パーシアスの顔にカバブを投げつけても……。しかし、サムはどちらの行動もとらなかった。それどころか、彼が無意識に顎の傷跡を人さし指で撫《な》でるのを見て、奇妙な痛みを覚えた。二十年たっても、彼の心の傷は癒《い》えていないのだろうか？

ほかの女性と結婚しようともせず、自分を傷つけて行方をくらましたフィアンセをさがしつづけるなんて。それほど彼をとりこにしたフィアンセとは、どんな女性なのだろう？

サムは、そういう恋を想像することも、理解することもできなかった。一生に一度でいい、自分も男の人からそれほど思われてみたい……。

正直に認めなさい、サマンサ・テルフォード。あなたはパーシアス・コストポーロスにそう思われたいんでしょう？　運命のいたずらから、あなたは彼と出会い、もうしばらく彼の人生にとどまる貴重なチャンスを与えられたのよ。それも、妻として！　それこそ、あなたの望んでいたことじゃないの？

「あきれて言葉が見つからないようだね。でも、それは僕にとっては喜ばしい兆候だ。なぜなら、君は僕の提案を即座に拒否したりはしなかったんだから。なんなら、妻としてではなく、愛人として、同行してくれてもいいんだよ」

サムは顔を赤らめた。

「それなら、僕もそのように君を扱う。でも、世間は君に対して決して寛容ではないと思うよ」

それは十分想像がついた。ゴシップのたねにされ、サムの評判はだいなしになるだろう。妻と愛人とでは、世間の扱いはまったく異なる。

「そうだ、君がこの話に飛びつきたくなるように、代わりに君の願いを三つだけかなえてあげると約束しよう。ちなみに君の夢を言ってみてくれ」

サムは挑戦的に目を細め、唇の端を上げた。「私の夢？」

「ああ、三つね」光のせいか、パーシアスの目はいっそう黒く、神秘的に見えた。「僕はいったん約束したからには、決して撤回したりしない」

その言葉はたやすく信じられた。

「夢ははっきりしています。一つは、大学で苦学している優秀なアーティストの卵たちに、アルバイトを掛け持ちしなくてもすむように、奨学金が与えられたらいいなって、いつも思っていたんです」

「了解」きっぱりとした返事が返ってきた。「ギディングズ教授と連絡を取って、君の名前で基金を設立しよう。それから、ついでに言うと、僕はすでに君の作品を購入して、僕のビルのロビーに飾るつもりでいる」

パーシアスが自分のコラージュを買うつもりでいるのを知って、サムは膝の上の皿を落としそうになった。「本当に？」

「それで、二番目の願いは？」彼女の興奮を無視して、パーシアスは平静な声で促した。

サムの二つ目の願い——それは、実は彼女の一番の願いだった。だが、パーシアスの提案に、わざとまず最も法外な要求を口にしてみたのだ。

働きづめに働いて死んでいった母親のことを思い出しただけで、目に涙がにじんだ。サムはこみあげる感情を抑えようと唇を噛《か》み締めた。

「母が亡くなったとき、遺体を生まれ故郷のワイオミングのシャイアンまで運ぶお金がなかったんです。故郷の家族の墓地に埋葬するべきだったのに。母をしのんで、墓石もデザインしたんですけど、とても高価で作れませんでした」

「了解」パーシアスは再び簡潔に答えた。「願い事はあと一つしか残っていないことを忘れないでくれ。たぶん最後は君自身のためのものだろうね」

三番目の願い……。サムはパーシアスをうかがった。これはただのゲームなのだ。自分は彼の提案を受け入れるつもりなどまったくないのだから。

「みんなが大騒ぎして買いたがるような、すてきなデザインの布やセラミックタイルや磁器を制作する場所と時間を持つことです」

「了解」パーシアスは座っていた折りたたみ椅子から立ちあがると、サムの手からほとんどからになっている皿を集めた。そして、皿をすべてシンクに運んでから、肩ごしに振り返った。「セリフォスにある僕の屋敷《ヴィラ》には、君が仕事に打ちこめる棟がある。それに、キクラデス諸島は家内産業が盛んだから、君のデザインを製品化するのに好都合だ。率直に言って、君の作品を見て、久しぶりに新鮮な刺激を受けたよ。僕の会社の販売網を通して、いずれ君は大金を手にするだろう。自由の身になるまでに、世に認められるようになっているに違いない。もうお金の心配をする必要もなくなるさ」

呆然《ぼうぜん》としているサムを、パーシアスはじっと見つめた。

「もう一つ夢があるんじゃないのかな？　今夜の僕は、君のどんな気まぐれな願いもかなえてあげたい気分なんだ」

すでにサムが見抜いていたとおり、パーシアスは驚くほど勘が鋭かった。人が用心深く隠している秘密をやすやすとさぐり当ててしまう洞察力は、薄気味悪いほどだ。

サムはずっと心の奥底で、いつか成功した暁には父親の前に出ていき、自分と母親は父親と暮らすよりも幸せな人生を送ったと誇らしげに告げ、振り返りもせずに歩み去ろうと夢見ていた。

パーシアス・コストポーロスはサムのその夢を、彼女が年を取って白髪になる前に実現可能にしてくれる唯一の人物だった。

「すぐには……思いつきません」

「それなら、よく考えてみるといい。今夜、十時に戻ってくるから、僕の提案を受け入れるかどうか、返事を聞かせてほしい」パーシアスはキッチンのカウンターからドアの鍵《かぎ》を取ると、サムの答えを待たずにアパートメントから出ていった。

これから先、彼とは無縁に過ごす人生がどういうものかを考えさせるために、私を一人にするなんて、なんと賢明なのだろう。

昼間、雨の中をパーシアスのオフィスへ急いだのが遠い昔のことのように思われる。サムは手を見た。ドクターの手当てを受けたのが夢ではない証拠に、手には包帯が巻かれている。サムのコラージュが――パーシアスが買ってオフィスビルのロビーに飾るつもりだと言った作品が、カードテーブルに立てかけてある。

血をとめようとしてサムの手をつかんだときの、パーシアスの力強い手の感触がよみがえってきた。あの手で、私の髪や体に触れてほしい。サムは強烈にそう思った。今まで、これほど欲望をかきたてられたことは一度もなかった。

私はパーシアスに一目惚《ぼ》れしてしまったのだと、サムは悟った。母と同じように。母はジュールズ・グレゴリーを一目見た瞬間、恋に落ちたと言っていた。

この母にしてこの娘あり、ってわけだわ。パーシアスが私を愛してくれる可能性は皆無だけれど、親密な関係になるチャンスはあるかもしれない。ことわざに言うように、〝半分のパンでもないよりはまし〟と思えばいいではないか。それに、もしかしたら彼は、ずっと私をそばに置いておかなくてはならなくなるかもしれない。フィアンセの裏をかくために……。

だめよ、サム。あなたはわかっているはずだわ、結局つらい思いを味わうことになるのは。それでもパーシアスのプロポーズを承諾するつもりなら、彼にその理由を絶対に感づかれてはだめよ。

問題は、サムがすでに胸を締めつけられるような苦しみを覚えはじめていることだった。パーシアスが出ていって、まだ二十分しかたっていないというのに。彼が戻ってこないのではないかという不安を、サムは抑えられなかった。

怪我をした手を上げたまま、部屋を片づけることで気をまぎらわせようとしたが、十時までの一時間は苦痛を覚えるほどゆっくりと過ぎていった。

十時を五分過ぎたとき、パーシアスは戻ってくるつもりはないのだと、サムは自分に言い聞かせた。彼はオフィスからメモ用紙を持ち出した私を懲らしめようとして、からかっただけなのだ。

十時十五分に、玄関のチャイムが鳴った。サムは、ビルの管理人がパーシアスの持っていった鍵を戻しに来たのだろうと思った。

サムが玄関までたどり着く前に、ドアが開き、パーシアスが入ってきた。サムは飛びあがりたいほどうれしかったが、その気持ちを悟られまいと、彼から目をそらした。

「渋滞につかまってね。それで、決心はついたかい？」パーシアスが魅力的な低い声で言った。

サムは顎を上げた。「最初の二つの願いについては、あなたに約束を守ってもらおうとは思っていません。かなえていただきたいのは、三つ目の願いだけ。できるだけ早くプロとして仕事を始めたいんです。それには、自分の実力を示すチャンスを手に入れなければ。それで、あなたの会社のテキスタイル部門の人事部長に面接してもらえるようにはからっていただけたらと思って。私の願いはそれだけです。そのお返しとして、あなたとの……偽装結婚を受け入れます、ミスター・コストポーロス」

「パーシアス」彼は勢いこんで言った。「これからはそう呼んでもらいたい」

一瞬、パーシアスの黒い目が勝ち誇ったように光ったのを見て、サムの体に戦慄《せんりつ》が走った。私はいったいなんてことをしてしまったのだろう？

「それで、卒業式はどこでおこなわれるんだい？」

サムの口はからからに乾いていた。「来週の金曜日に、ワシントン・スクエア・パークで」

「では、卒業式の翌日に結婚式をあげよう。まず、マンハッタン清掃会社に辞めることを知らせるといい。合間をみて、一緒に必要なものを買いに行こう。君のワードローブやウエディングドレスをね。君の家具や持ち物は荷造りして、倉庫に保管するように手配しよう。お母さんの遺体が埋葬されている場所を教えてくれれば、遺体をワイオミングに移せるようにすべての手続きをするよ。シャイアンへ行ったら、すぐに君のデザインどおりの墓石を注文して、お母さんの葬儀をとりおこなおう。アテネに発《た》つ前に、墓地に墓石をすえられると思うよ。セリフォスに落ち着いたら、知らせたい人たちに結婚通知を出したらいい」

サムは呆然とその場に突っ立っていた。パーシアスがあまりにも多くのことに言及したので、すべてを理解するのは無理だった。サムはただ黙ってうなずくことしかできなかった。

翌週、サムはパーシアスとともに、運送業者を呼んだり、買い物に行ったり、抜糸のためにクリニックへ行ったりと、あわただしく過ごした。ふと気がつくと、もう卒業式の当日になっていた。

卒業生たちの誇らしげな両親や家族が並ぶ来賓席にパーシアスの姿を認めたとき、サムは驚いた。彼が式にまで出席してくれるとは、さすがに期待していなかったからだ。パーシアスにますます惹《ひ》かれていく気持ちを抑え、彼女はただありがとうと礼を言った。苦労してようやく大学を卒業した喜びを彼と分かち合えたことに、サムは感動を覚えていた。今日という日は、自分の人生のハイライトになるだろうと思えた。

その夜、二人はコストポーロス・ビルの最上階のペントハウスに泊まった。疲れ果てていたサムは、ゲストルームのベッドに入り、枕《まくら》に頭をつけたとたん、眠りに落ちた。

翌朝十時、気がつくとサムはパーシアスのリムジンに乗せられ、教会に向かっていた。

パーシアスはダークブルーのスーツに真っ白のシャツ、サムは彼が選んでくれた、肩に山梔子《くちなし》の花を飾った膝丈の白いレースのドレスに、肩までの長さのレースのベールという装いで。

別にわざわざ教会で式をあげなくとも、役所ですませればいいのではないかとサムが言ったとき、パーシアスは、野次馬の目を避けるには教会であげるしかないのだと説明した。司祭に特別に頼んで、四十五分間の式をとりおこなう間、教会の扉を閉ざして、外部の人間を締め出してもらうことになっているのだと。

サムはふいにパニックに襲われた。「私……どういうふうにすればいいのかわからないわ」

「僕のするとおりにすればいいんだ」パーシアスは安心させるように言った。「僕たちはリボンでつながれたオレンジの花冠を頭にのせ、キャンドルを手に持つ。式が始まったら、司祭について祭壇の周囲をまわる。そして、同じカップからワインを飲む。その時点で、君はキリア・コストポーロスになる」

サムには、偽りの結婚と知りつつ、そのような神聖な儀式に臨むのは神を冒涜《ぼうとく》することのように思われた。

古く美しいギリシア正教の教会に入っていくと、静かな内部に二人の足音が反響した。そのとたん、サムは外に逃げ出したい衝動に駆られた。

パーシアスはサムの混乱した気持ちを敏感に感じ取ったに違いない。彼女の肘を支えている彼の手に力がこもるのがわかった。パーシアスは、司祭と二人の証人が待つ祭壇の方へとサムをエスコートしていった。

ドクター・ストライクが温かくサムを迎えた。もう一人の紳士はミスター・ポーロスだと、パーシアスが紹介した。彼がパーシアスのニューヨークでの顧問弁護士の一人だと知ったとき、サムは初めて自分がこの一週間、ファンタジーの世界にいたことに気づいた。

そのときがきたら、ミスター・ポーロスは二人の離婚の処理に当たるのだろう。

ときおりギリシア語が交じったが、主として英語による式が始まった。非現実的な雰囲気の中、二人は司祭について祭壇をめぐった。香のにおいに加え、強烈な花の香りも立ちこめていて、サムはめまいを覚えた。だが、パーシアスの腕が彼女のほっそりとした腰をしっかり抱いてくれていた。司祭の前に立って、誓いを交わす間も。

「サマンサ・テルフォード、あなたはパーシアス・コストポーロスを夫としますか?」

「はい」心から、とサムは胸の中でつぶやいた。たとえこの結婚が偽りのものであろうと、彼女はパーシアスを愛していた。この式で、少なくとも花嫁の心だけは嘘《うそ》偽りがなかった。

「パーシアス・コストポーロス、あなたはサマンサ・テルフォードを妻としますか?」

「はい、します」パーシアスはきっぱりと答えた。あたかも心から誓うかのように。彼はすばらしい役者だった。

サムは司祭からワインの入ったカップを震える手で受け取り、一口飲んだ。それから、パーシアスがカップを受け取り、彼女が唇をつけたところに唇を当てて、ワインを飲んだ。

そのとき、二人の視線が合った。一瞬、パーシアスの目が満足げに光ったような気がし、サムは電流が流れたようなショックで体を震わせた。

パーシアスはレースにおおわれたサムの頭から花冠を取り去ると、彼女の左手を取り、涙の形をした見事なダイヤモンドの指輪を薬指にはめた。彼の口元には奇妙な笑みが漂っていた。

「いいかい、キリア。僕たちは神の前で結婚を誓ったんだよ。僕はもう君の夫だ」パーシアスがささやいた。

あなたが私を必要とする間だけね。サムの心は悲痛な叫びをあげた。なぜなら、彼女はこの結婚が本物であることを願っていたからだ。

サムはパーシアスから目をそむけ、証人の二人から祝福の言葉を受けた。

パーシアスはサムをエスコートして教会を出ていきながら、ワイオミングへ飛ぶために自家用飛行機を待たせてあること、お祝いの昼食が機内に用意されていることを告げた。

次の週もまたたく間に過ぎた。サムには、すべてのことがまるで夢の中の出来事のように思えた。パーシアスは墓石を注文し、サムの母親の埋葬に立ち会っただけでなく、遠い親戚《しんせき》や母親の友人たちを訪ねる彼女につき添ってさえくれた。それから、二人は再び自家用機でギリシアへと向かった。

サムは今までアメリカの外へ出たことがなかった。彼女にとってはすべてが初めての経験だったから、不安と同じくらい興奮をかきたてられていた。結婚、自家用機での旅、ギリシア産のワイン、レッシナの味、本や映画でしか知らないアクロポリスを見られるという期待……。

ずっとテレビも録画再生機もない生活を送っていたサムは、映像を見ることがあまりなかった。ある意味で自分が生まれたばかりの赤ん坊であるように感じ、サムは人生の新しい一瞬一瞬に驚嘆していた。

すべてがパーシアスのペースで進められた。そのせいで、アテネにある彼のアパートメントに落ち着いたとき、サムは疲れ果てていた。

パーシアスが故国に帰った感想をつぶやくのを、サムはうわの空で聞いていた。そろそろ寝室に引き取ろうと立ちあがったとき、彼は言った。これからいよいよ新婦役を演じてもらうことになる、と。

式をあげてからずっとパーシアスの妻を演じていたつもりだったサムは、彼の言葉の意味がわからなかった。だが、もはや立っていられないほど疲れきっていたので、説明を求める気にもならず、寝室のドアを閉める前に、約束したことは最後までやりとげるつもりだと請け合った。

パーシアスはなにかつぶやいたが、サムには聞き取れなかった。それから彼は、早くベッドに入るように促した。サムは喜んでその言葉に従い、すぐに深い眠りについた。そのあと十五時間の間に起きる出来事などなにも知らずに……。

# 4

サムはアテネの町のなにもかもが気に入った。暑さも、混雑も、においも、交通渋滞も、薄暗い魅力的なカフェに集う住人たちの騒々しさも……。

コストポーロス家のリムジンのガラスごしにアテネの町に別れを惜しんでいると、夫の声がした。

「ペリクレスは、この町は欠点も含めて人をとりこにする、と言った」

「欠点なんて一つもないわ」サムは断言した。

「それなら君は、アテネの欠点を無視できる珍しい旅行者だと言える。なんなら、セリフォスまでヘリコプターで行ってもいいんだよ。運転手に言って、ヘリポートのある僕のオフィスへ車を向かわせようか？」

サムはぱっと振り向いた。「とんでもないわ、パーシアス。お願い……私、フェリーに乗りたくてたまらないの」

「この暑さの中を、五時間もかかるんだよ」

「私、川が大好きなの。でも、ハドソン川のフェリーにしか乗ったことがないのよ。ねえ、ここはギリシアなのよ、パーシアス！」サムは勢いこんで言った。

パーシアスは低い笑い声をもらした。きっとあきれ果てているに違いない。だが、どう思われようとかまわなかった。

これはすばらしい夢なのだと、サムは自分に言い聞かせていた。いつか、ニューヨークの小さなアパートメントで目覚める。すると、現実の自分は生活費を稼ぐために必死で仕事をさがしているのだ。

でも、この夢がしばらく続くなら、私は目覚めるまでに、自分のデザインを売ることができるようになっているだろう。隣に座って新聞を読んでいる不可解な男性のおかげで。

「なにをそんなに考えこんでいるんだい？」ふいにパーシアスが尋ねた。

サムははっとした。自分の存在なんて、彼は忘れているのだろうと思っていたのだ。

「ギリシア語を覚えたいと思っていたの。あなたのメイドが朝食のときに渡してくれた手引き書によると、私たちはヴァポリに乗るために、リマニへ行こうとしているのね」

パーシアスは頭をのけぞらせ、ほがらかに笑った。「そのとおりさ、キリア・コストポーロス」

ミセス・コストポーロス。サムは自分の新しい呼び方がとても気に入っていた。できるものなら、永久に手放したくなかった。

「覚える気になってくれてうれしいよ。それじゃ、僕の言うとおりに言ってみて」

それから港に着くまでの間、サムはパーシアスからギリシア語のレッスンを受け、おは《カリ》よう《メラ》、はじめまして《チエロ・ポリ》、さようなら《ヤー・サス》など、挨拶《あいさつ》の言葉を言えるようになった。そして、さっそく覚えた言葉を運転手に試してみた。運転手はにっこりほほえんで、とても上手だとほめてから、パーシアスに早口のギリシア語でなにか言った。パーシアスの顔に笑みが広がった。笑うと、彼は若々しく見え、いっそう魅力的になる。

サムは若いころのパーシアスを想像したくなかった。彼のフィアンセのことも想像しないではいられないからだ。パーシアスは、かつて自分をはねつけ、今になって取り戻そうとしているその女性を、今も愛している。そして、死ぬまで愛しつづけることだろう。

フェリーに乗りこんだとき、ふいにパーシアスが足をとめ、がっしりした温かい腕でサムを抱き寄せた。

サムの心臓は早鐘を打ちだした。いったいなにをしようというのだろう？

「こんなに美しい初夏の朝だというのに、なにを思い悩んでいるんだい？　なにが君の目をそんなに悲しげに曇らせているのかな？」そう言いながら、パーシアスは首筋にそっとキスをした。

落ち着くのよ、サム。パーシアスは人前で妻を愛する夫の役を演じることで、あなたにも、夫に夢中の花嫁としてふるまうように求めているのよ。一瞬たりとも、そのことを忘れてはだめ。彼があなたをフェリーで島へ連れていこうとしているのは、あなたのためじゃないわ。彼は噂《うわさ》が広まるチャンスだと思っているのよ。セリフォスに……彼の愛する女性のもとに、この結婚のことが伝わるチャンスだと。

パーシアスに出会う以前から、彼がマスコミにつきまとわれていることは知っていたが、これほどとは想像していなかった。何人かのカメラマンが写真を撮ろうと二人のすぐそばまで近づいてくる。

しかし、今回だけはパーシアスも、新妻を伴って生まれ故郷に帰る姿を世間に見せびらかしたいようだった。許しを請おうと彼を待っているフィアンセに当てつけるために。

「正直に言うと、こんなにおおぜいの人に注目されて困惑してるの」パーシアスがいつも使っている石鹸《せっけん》の清潔なにおいをかぎ取りながら、サムは答えた。彼はサングラスをかけていて、その目をのぞきこむことはできなかった。

パーシアスはサムの頬を親指で撫《な》でた。「そのうち慣れるさ。ただ僕のことだけ見ていればいい。セリフォスに着いたら二人だけになれる」

あなたのフィアンセがいることを除けばね。サムは内心、身を切られるような悲しみを覚えた。

パーシアスはサムの背に手を当てて促し、人込みの中をデッキへと出ていった。

フェリーが出港するとき、サムは手すりにつかまり、心地よい川風を楽しんだ。パーシアスは彼女の肩を両腕で抱き、顎を彼女の髪にうずめるようにして、背後に立っている。

今日のサムは、白い服に合わせて、金色に輝く長い髪を白いリボンでまとめていた。

日ごろ、白い服など着ることもなかったが、うれしいことに、パーシアスが選んでくれた白いサンドレスとノースリーブのジャケットは意外によく似合った。下着からストッキング、革のサンダルに至るまで、申し分なくコーディネートされている。パーシアスは彼女のために、ワードローブをなにからなにまでそろえてくれたのだ。それらの衣類は、当座のものを除いて、すべてセリフォスに送ってあった。

人目を意識して、二人は新婚カップルらしく、ささやき交わしたり、無作法にならない程度に体に触れ合ったりした。それは、教会で誓いを交わす前に、パーシアスが要求したことだった。だれかに見られているときはいつでも、夫に夢中になっている妻としてふるまうように——彼はそう言ったのだ。

あきれたことに、サムはすぐに妻の役を演じられるようになった。いとも自然に。彼女はパーシアスと一緒にいるのがうれしくてたまらなかった。

パーシアスの腕に肩を抱かれ、背中に彼の鼓動を感じていると、守られているという深い安らぎを覚える。ほんの数週間前に知り合ったばかりだなんて、信じられない。パーシアスとの結婚が解消されたとき、この安心感を捨てることができるだろうか？

「パーシアス？」

「うん……」サムと同様に、思いにふけっているような声だった。予備知識があったほうがまごつかずにすむと思うの」サムは努めてさりげない口調で言った。

「あなたのフィアンセのことを少し教えてちょうだい。

「二十年間、彼女とは会っていないんだ。僕を刺して失踪《しっそう》したとき、彼女はまだ少女だった」

「あなたは私の質問をはぐらかしているわ」サムはいらだった。「なぜ彼女はあなたを刺したの？」

不吉な間があった。

「デロス島で結婚を誓い合ったとき、彼女はただのゲームのつもりだったに違いない。僕のような下層階級の男は、結婚相手としては考えられなくても、ちょっとからかってみるにはおもしろい相手だったんだろう。僕が駈《か》け落ちして結婚するつもりで彼女の寝室へ入っていったとき、彼女は初めて僕が真剣だということに気づいたんだ。それで、うろたえて、自衛本能からあんなことをしたんだと思う」

サムは激しく首を振った。「でも、あなたは彼女に決して無理強いしたりはしなかったはずよ。あなたはそんな人じゃないもの。彼女の行為が自衛本能からのものだったなんて言えないわ！」

「僕の国の女性は気性が激しいんだ。それに、彼女はまだ十八歳だったから」

「だからって、犯罪行為が許されるわけがないわ。どうしてあなたが彼女を許せるのかわからない」声が震えた。「でも、きっと真の愛はどんな障害だって乗り越えられるものなのね。たとえ残酷なことでも」

「そもそも愛は残酷なものさ。ときにはすばらしいものでもあるけれどね、キリア・コストポーロス。いつか、君もその天国と地獄を経験するだろう」

無分別な恋をして、母がどれほど苦しんだことか。サムは身震いした。「知りたくないわ」

「いったん恋に落ちると、途中で気持ちを抑えることなどできない。どこまでものめりこんでいくしかないんだ。そして、二度と以前の自分には戻れない」

目に涙があふれてきたが、ありがたいことにサムは背中を向けていたので、パーシアスには見られないですんだ。「あなたも以前の自分には戻れなかったのね」

「ああ」

サムは同情を覚えずにはいられなかった。「私……あなたの役に立ちたいの、パーシアス」声がかすれた。

「それじゃ、僕のそばから離れないでくれ。いつも僕の見えるところにいてくれ。そして、どんなときも毅然《きぜん》としていてほしい。僕に腹が立ったら、率直に怒りをぶつけてほしいんだ。僕のオフィスで、この私を脅そうとしたってむだだと、くってかかったようにね」

サムはきまり悪そうにうなだれた。「あなたにそんなことを言ったなんて信じられないわ」

「僕はあのときの君を絶対に忘れないだろう」パーシアスはサムの耳元にささやきかけ、そっとキスをした。「下に行ってコーヒーを飲まないか。ここの空気は喉が渇く。コーヒーと一緒にネグラキを食べよう。きっと気に入るよ」

「ペストリーのようなもの？」

「ラムレーズン入りのチョコレートケーキだ。上にたっぷりチョコレートソースがかかっている」

サムはパーシアスの顔を見あげて、にっこりした。「やっぱりね。あなたは甘いものに目がないんだわ」

「どうしてわかるんだい？」

「あなたは食事のときに必ずデザートを食べるし、あなたがいれてくれた紅茶はスプーンが立つほどお砂糖が入っていたわ」

パーシアスの陽気な笑い声が、周囲の視線を集めた。二人はまわりの目を無視して、下のデッキへ下りていった。本当の恋人どうしのように、腕を組んで。

窓際のテーブルにつくと、パーシアスはウエーターを呼んだ。アテネを出発する前に、サムはホテルでロールパンとジュースを口にしていたのに、ラムのすばらしい香りがするチョコレートケーキが運ばれてくると、いそいそと手をつけた。そのおいしさに、パーシアスがケーキのお代わりをしたのもうなずけた。

まるでおなかをすかせた小さな男の子みたい……。ケーキをほおばっているパーシアスを見ながら、サムは思った。ふいに、幼児期から思春期に至る彼の姿を知りたいという思いがこみあげてきた。

初めて結婚したいと思った女性と出会ったころのパーシアスは、どんなふうだったのだろう？　愛を失い、心をずたずたに引き裂かれる以前の彼を、自分の殻に閉じこもり、二度と恋に落ちることができなくなった皮肉屋に変わる前の彼を、サムは知りたかった。

そのとき、パーシアスが指さした。「向こうに見えるのがケオス島だ。いつかあの島へ連れていってあげるよ。海水がクリスタルのように澄んでいて、きっと泳ぎたくなるよ」

「全部の島を探検したいわ！」サムは熱心に言った。

パーシアスはサングラスをずらして、コーヒーカップの縁から上目使いに彼女を見つめた。「それには百年はかかるよ。まあ、君が僕の妻である間、時間が許す限り、できるだけたくさんの島へ連れていってあげるよ」

「うれしいわ。あなたはほとんどの島を知ってるんでしょう？」

「キクラデス諸島はね」

大きく一息ついてから、サムは思いきって尋ねた。「それで、あなたはどんなふうに育ったの？　でしゃばるつもりはないのよ。でも、もし私があなたと、その、結婚したことになっているとしたら……」

「実際、結婚しているんだ」パーシアスは冷ややかにさえぎった。「僕が必要とする間、君は僕の法律上の妻なんだ。僕たちは契約を結んだはずだろう。僕のほうはすでに契約の一部を果たしている」

　サムは体が凍りついたように感じた。突然、彼の冷淡な一面を見せつけられたような気がした。「わかってるわ、パーシアス。あなたはすでに私を元の面影もないほど変えてしまった。でも、私が言いたいのは、もし私たちの結婚が本物で……」

「ベッドをともにしていたら……？」ちゃかすような口調だった。

　サムはナプキンを握り締めた。「私が言いたかったのは、もし私たちが違う事情で出会って、自然のなりゆきで恋に落ち、結婚したのだとしたら、私はあなたについて知るべきことは知っていただろうってことよ」

「君はすでにソフィアのことを知っている」パーシアスはいらだたしげに言った。

　パーシアスはついにフィアンセの名前を明かしたのだ。サムは早くもその名前に憎しみを覚えはじめていた。

「それはそうだけど、パーシアス、私はあなたの子供のころのことやご家族のことを、もっと知っておく必要があるわ。セリフォスにはご家族が住んでいらっしゃるの？」

答えは返ってこなかった。沈黙の中、サムは質問しなければよかったと後悔した。パーシアスは衝動的に結婚してしまったことを後悔しはじめているのかもしれない。

「父親のことは覚えていない」パーシアスは唐突に抑揚のない低い声で話しはじめた。「父は漁師だったが、僕が一歳になる前に、海で死んだ」

その点は二人に共通するものだ、とサムは思った。私の父親は死んだも同然なのだから。

「だから、ずっと母と二人暮らしだった。母はそれほど丈夫ではなかったから、僕は働ける年になるとすぐ、生活費を稼ぐために、ほとんど一日中働いた。ようやくいくらか蓄えができたとき、僕は母を医者に診てもらいに連れていった。その医者は妻を亡くしていて、子供が一人いた。母は重症の貧血だとわかった。それでも母は美人だったから、いつも男たちが近づいてきた。母は見向きもしなかったけどね。母はその医者に定期的に治療を受けるようになった。でも、医者は治療代を請求しなかった。それで、島のほかの男たちと同じように、彼も母に夢中なんだとわかったんだ。母との水入らずの生活をじゃまされたくなくて、僕は彼を毛嫌いした。彼もまた僕を嫌った。母がいないとき、彼は僕をじゃけんに扱った」

母と二人、生きていくためにあらゆることをやっていた誇り高い少年にとって、それがどんなに耐えがたいことだったか、サムは容易に想像がついた。そして、胸が締めつけられるように感じた。

「その一方で僕は、母がそれまで見たこともないほどいきいきとして元気そうになったのを認めないわけにはいかなかった。母に再婚してほしくないと思うのは、僕のわがままだった。ある日、僕は、二人が僕のことで言い争っているのを聞いた。母は彼に、僕を息子として受け入れないのなら、結婚するわけにはいかないと言っていた。すると彼は、アテネにいる弟夫婦が店を手伝ってくれる者をさがしているから、僕を住み込みで働かせればいいと言いだした。母は拒絶して、二人の関係を終わりにしようと彼に告げた。それから何週間か、二人は会わなかった。そして、ある日、僕が帰宅すると、彼の声が聞こえた。母と仲直りしようとやってきたんだ。僕も一緒に暮らしてもいいから、と言ってね。母は僕の気持ちを尋ねた。母の人生から永久に彼が消えてしまったら、母がどんなにつらい思いをするかわかっていたから、僕は母と一緒にいられるならそれで幸せだと答えた。それで、二人は結婚した。僕は母親と一緒に彼の家に引っ越した。僕には、彼の家がまるで宮殿のように思えたよ。だが、彼は僕の存在に我慢できず、僕を海の見えない小さな部屋に追いやった。彼と僕との間には暗黙の同意があった。僕はあくまで居候で家族の一員ではないこと、彼の娘のソフィアとは絶対に親しくならないこと、という同意がね。ソフィアは僕と同じ十三歳で、私立の学校に通っていた」

ということは、ソフィアはパーシアスの義理のきょうだいなんだわ。サムは低いうめき声をもらし、固く目をつぶった。信じがたいことだった。一つ屋根の下で暮らした五年間は、未熟な愛が大人の愛に成長するには十分な時間だっただろう。

「しかし、彼が恐れていたのは、ソフィアが自分自身の考えを持っている娘だということだった。僕を〝立入禁止〟にできても、娘を縛ることはできないというわけさ。彼女にとって、僕は興味を覚えずにいられない風変わりな相手だったらしい。そして、僕のほうも彼女にどうしようもなく夢中になってしまった」パーシアスは深い感情を秘めた声でつけ加えた。「彼女の父親に、最下層の虫けらのような人間だと思われていたからこそ、僕は彼が尊敬せざるをえないような男になろうと決心したんだ」

サムは胸が痛くなった。愛する女性に拒絶され、その父親に軽蔑《けいべつ》されて島を離れた彼が、大成功をおさめて、二十年ぶりに帰郷しようとしているのだ。昔自分を苦しめた二人に報復するために、仮の花嫁を伴って。

妻の役割を立派に果たすことをどれほどパーシアスに期待されているか、身にしみてわかった。サムは体の震えをとめることができなかった。もっと聞いておくべきことがたくさんある。

「お母様はあなたが戻るのをお待ちになっているの？」

「いや」沈んだ声が返ってきた。「僕がセリフォスを去って一年後に、母は自分から求めて離婚し、アテネにやってきて、僕と暮らすようになったんだ。それから一年して、肺炎で亡くなった。僕の腕の中でね」サムの目に涙が浮かんだのを見て、パーシアスはささやいた。「悲しむことはないさ。僕と母は一日だって不幸だと思ったことはなかった」

「でも、お母様を失ったとき、あなたはまだ若かったわ。お母様のご主人はお母様につらく当たったの？　それでお母様は離婚を決意なさったわけ？」

「いや。彼は母にはとてもやさしかった。でも母は、彼の僕に対する扱いやソフィアの行為を許せなかったんだ」

「私、あなたのお母様、大好きだわ！」サムは思わず言った。

パーシアスはほほえんだ。「母もきっと君のことを、息子にはもったいない妻だと思ったに違いない」

サムは居心地悪そうに身じろぎした。「お母様が生きていらして、息子が結局憧《あこが》れの女性と結ばれなかったとお知りになったら、きっとがっかりなさったでしょうね」

パーシアスの顔から微笑が消えた。

パーシアスがソフィアに刺されたあと、当然母親は命がけで彼を守ろうとしただろう。まるで母ライオンのように。

その姿を想像すると、パーシアスの母親がすでに亡くなっていて、偽りの花嫁を連れて戻ってきた彼を見ないですむのはよかったのかもしれないと思えた。

サムは椅子を引いて立ちあがった。「失礼して、化粧室へ行ってもいいかしら？」

「もちろん。でも、早く戻ってきてくれ。もうすぐキスノス島を通るから。風車の景色を楽しめると思うよ。それに、僕にとっては特別意味のある島なんだ」

「どうして？」

「僕の少年のころのことを聞きたいと言ったね。僕の花嫁としては当然だと思う。キスノスには温泉があって、いろいろな疾患に効くと言われているんだ。それで、僕は子供のころに、ガラス瓶にその温泉の水を詰めて、ピレエフスにやってくる観光客に売ることを思いついた。まったく単純な思いつきだったが、一回売りに行っただけで、漁船を買えるだけのお金になったよ。そして、それからは瓶詰の温泉水だけでなく、魚も売るようになった。商売は大繁盛で、港の露店商人たちが高値で僕から魚を仕入れてくれた。そのうち、僕は露店の権利を買い取ることができた。そして一軒、また一軒とふやしていった。ほどなく、僕は快速船を買った。ふつうはみんなレジャー用に買うんだが、僕は商売用に買ったんだ。金持ちの旅行客たちは、地図にのっていない無人島のビーチに案内したり、魚が釣れる場所を教えたりすると、こちらが要求した日当の十倍のお金を払ってくれた。そのうち、キクラデス諸島めぐりの最高のパックツアーを企画する男として評判が高くなり、アテネにオフィスを借りて、旅行ビジネスを始めた。そのころまでに、ミコノスやシフノスから聖画像《イコン》や陶磁器を、ナクソスから刺繍《ししゅう》製品などを仕入れて売るようにもなっていた。やがて、僕は抵当流れの地所や建物を買いあさるようになった。そういうものに少し手を入れただけで、買ったときよりはるかに高い値段で売れたよ。投資によって、僕はますます野心を抱くようになった。そして品物を輸出するために、貨物船まで買ったんだ」

パーシアスの口から語られる意外な過去を、サムは驚きのあまり目をまるくして聞いていた。パーシアスはいとも簡単なことのように話していたが、いくら才能に恵まれていたとはいえ、彼をそれほどの成功に導いたのは、一人の女性が与えた苦痛だったのだ。その苦痛を忘れ去ろうとして、パーシアスはがむしゃらに仕事に打ちこんだのだろう。

サムの心の中で、ソフィアという顔のない女性を恐れる気持ちがますます強くなっていった。ソフィアは、パーシアスと、彼より十四歳も年下のアメリカ人の女子学生の結婚が偽りのものだと、女の勘で見抜いてしまうかもしれない。

「もう君ほど僕のことを知っている人はいないよ」パーシアスはなぜか満足げな口調で言った。

「ありがとう、話してくださって」サムはつぶやくように言った。「それじゃ……急いで行ってくるわ」

「ああ。それから、今度は君が僕に話してくれる番だよ。なぜそんなに男を恐れているのかをね。とくに、この僕を……」

それは絶対に話したくない話題だった。そこで、サムは下船間際にデッキの夫のもとに戻った。

「こっちを向いて、ミセス・コストポーロス」

外国語の会話がとび交う中で、アメリカ英語で呼びかけられ、ついその男の方を向いたとき、カメラのフラッシュがたかれた。

パーシアスがギリシア語で低くののしりながら、サムのウエストにまわした腕に力をこめた。彼は人込みを抜け、桟橋近くに出迎えている車の方へサムを連れていった。

後部座席におさまると、パーシアスはサムに運転手のヤンニを紹介し、それから言った。「ようこそ、セリフォスへ、キリア・コストポーロス。日を改めて、心ゆくまでリヴァディを案内するよ。でも、今日のところはまず冷たいシャワーを浴びて、冷たい飲み物を飲んだほうがいい」

パーシアスの言うとおりだった。外は強烈な日差しが照りつけていた。かわいらしい円筒形の白い家々や教会、カーブを描いて伸びる美しいビーチ。ここで彼は生まれ、遊んだのだと思いながら、サムはしみじみと風景を眺めた。

「あの丘の上の方に住んでるの？」サムはなにもかも見逃すまいと、首を伸ばして外を見た。

パーシアスはくすくす笑った。「いや。パナジアは眺めはすばらしいが、僕は海辺のほうが好きなんだ。数年前に、かつて魚を釣ったり波乗りしたりした海岸沿いの土地を購入して、建築家に頼んで、キクラデス様式の屋敷《ヴィラ》を建てたんだよ。島の向こう側で、海岸は完全なプライベートビーチになっている」

これは夢なのよ、サム。いつか覚める夢だってことを忘れないで。

「住んでどれくらい？」

「まだ住んではいない。この二十年間、僕はセリフォスを離れていたから。でも、ときどきヘリコプターでここへやってきては、建築業者と打ち合わせをしたり、工事を監督したりしていた。セリフォスは生まれ故郷だ。僕の根っこはこの島にある。いつの日かここに戻ってくることを夢見てきたんだ。ところで、家は完成しているし、家具も入れたんだが、庭がまだなんだ。そこで、君に造園をまかせようと思ってね」

サムはうろたえ、首を振った。「そんなこと、無理よ。できないわ。造園のことなんてまったく知らないんですもの」

「君は色や構成に詳しい。それに、君のすばらしいデザインのセンスはこの目で確認ずみだ」

「でも、パーシアス、私は……」

「君は妻の役を務めるって約束したんだよ」パーシアスは穏やかにさえぎった。「離れて過ごさなくてはならないときもあるだろうけど、一緒にいるときは、プールで泳いだり海で遊んだりするだけでなく、なにか共通の関心事を持つことが大事だと思うんだ。庭造りに参加すれば、君も自分の家だと実感するだろう。そこは、僕の家であると同時に君の家でもあるんだからね」

「無理だわ……そんなふうに思うなんて……」

「しーっ」パーシアスはサムの体を引き寄せた。「ヤンニが痴話喧嘩《げんか》をしていると思うよ。彼は島一番のおしゃべりなんだ」

気がつくと、サムはパーシアスの膝の上に抱きかかえられていた。彼は身をかがめ、そっと唇にキスをした。サムの反応を確かめるように。

「君の唇は、夏に花咲く野生の忍冬《すいかずら》を思い出させる。ずっと忘れていた懐かしい味だ。まるで僕が太陽のふりをして、君の花びらを開かせようとしているみたいだよ」

低いハスキーな声、まるで本当にキスしたくてたまらないように聞こえる言葉……。噂好きのヤンニの口からソフィアに伝わるように、パーシアスがわざと芝居をしているのはわかっていたが、彼の口づけに、サムは官能を刺激された。

パーシアスの唇の動きが激しさを増すにつれ、全身に快感が小波《さざなみ》のように広がる。だが、ふいに不安が頭をもたげた。これから先、私は彼の口づけなしでは満足できなくなるのではないだろうか？

# 5

「あの……もうヤンニは信じたと思うわ」数分後、サムは赤くなった頬を隠そうとパーシアスの首に顔を押しつけながら、ためらいがちに言った。

すると、パーシアスが髪に結んだリボンをほどいた。柔らかくふさふさとした髪の質感を指で確かめるように。「完全に信じこませるために、このまま屋敷《ヴィラ》に着くまでじっとしているんだ」

命令であろうとなかろうと、サムは逆らうことなどできなかった。パーシアスはサムの敏感になった体を抱いたまま、両手で彼女の顔の形を記憶に刻みこむように撫《な》でた。長い髪が彼の腕をおおうように広がる。

「こういうつややかな絹糸のような金髪を創《つく》り出せるのは、創造主しかいない」パーシアスの声には感嘆の響きがあった。

パーシアスが芝居のせりふを口にしているだけだということを、サムは危うく忘れそうになった。もうこんな演技は続けられないと思い、顔を上げたとき、唇が彼の顎の傷跡に触れた。彼女は言おうとしていた言葉を忘れ、出し抜けに尋ねた。「整形手術を受けようと思ったことはないの、パーシアス？」

「ああ。でも、君に嫌悪感を与えるようなら、手術を受けるよ」

サムは思わず叫んだ。「嫌悪感を与えるですって？　その反対よ。この傷があなたをいっそう魅力的にしてるのがわからないの？」またしてもうっかり本心をしゃべってしまったと後悔したが、もう遅かった。

パーシアスはほほえんだ。「手術を受けることを考えてはいるんだ」

「でも、それはあなたの決めることだから」

「いや、これからはなんでも君に意見をきくつもりだ。君にも同じようにしてほしい。さもないと、僕たちの結婚生活は長く続かないだろう」

そういう仮定は、二人が愛し合っていることが前提のはずよ。でも、私たちの場合は……。

そのとき、ありがたいことに、運転手の声がした。「着きました《パラカロ》、キリエ・コストポーロス……」

パーシアスは残念そうにサムの体を放した。身を起こしたサムは、車が真新しいヴィラの前にとまっているのに気づいた。

ゆっくりと全身が熱くなっていった。ヤンニはいったいどれくらい待ってから、目的地に着いたことを告げたのだろうか？　到着したことにも気づかないで夫の腕の中でうっとりしている花嫁に見えるように、私をずっと抱いているなんて、パーシアスはなんと巧妙なのだろう。きっとビジネスでも、同じように巧みなテクニックを駆使しているに違いない。

この結婚も彼にとってはビジネスの契約の一つにすぎないのだと、サムは改めて自分に言い聞かせた。

パーシアスに手を添えられて車から降りたとたん、サムは息をのんだ。信じがたいほど青い海と空を背景に、すばらしい白亜のヴィラが立っていた。

庭はまだ手つかずの状態だったが、サムはすぐに、ヴィラの白い壁には甘い香りのする忍冬《すいかずら》や鮮やかなオレンジや濃いピンクの花が映えそうだと思った。

目を細めて、庭と建物、それから背景の海を見まわす。複雑なモザイクのように造りあげた幾何学的な庭園が頭に浮かんだ。

その着想がひらめいたとき、襟足の毛が逆立つような気がした。すぐにもスケッチブックを取り出したい気持ちを、サムはかろうじて抑えた。

「パーシアス？　いつから庭造りに取りかかったらいい？」

背後からやさしく肩を抱いていたパーシアスが、サムの頬に軽くキスをした。

「どうやら興味をかきたてられたようだね。君の関心は僕から庭に移ってしまったようだ」言葉とは裏腹に、満足げな口調だった。「でも、始めるのは明日からだ。今日はランチをとったあと、少し昼寝をして、それから夕方まで泳ごう。ここの海は世界一だよ」

ふいにめまいがしたと思ったら、サムはパーシアスの腕に抱きあげられていた。

「ようこそ、ヴィラ・ダナエーへ、キリア・コストポーロス。今日からここが君の家だよ」そうささやくと、パーシアスはサムの唇にキスをした。

ヤンニが二人の先に立って歩いていき、ヴィラのドアを開けた。しきたりに従い、パーシアスが花嫁を抱いて家に入れるように。

パーシアスに調子を合わせ、使用人の前で熱烈に愛し合う新婚カップルを演じながら、サムはまたしても体が反応するのを感じた。

「ダナエーはペルセウスの母親の名前ね」ようやくパーシアスの唇が離れたとき、サムは言った。

「そのとおり。ギリシア神話に詳しいのかい?」

「少しだけ」

「明日、メドゥーサとペルセウスとダナエーに似た不思議な岩を見に連れていってあげよう」

彼と一緒に一日過ごせる——そう思うと、サムの胸は高鳴った。

「ヴィラ・ダナエーは、あなたのお母様にちなんで名づけたんでしょう?」

「そのとおりさ」パーシアスは驚いたように言った。

二人は焼けつくような日差しの下から、ひんやりとした快適な玄関ホールへと入っていった。白い壁とは対照的なカラフルなタイルの床に、サムは下ろされた。

パーシアスはサムの肩を抱き、奥へと案内した。白い壁の広々としたリビングルームには手作りの家具が置かれ、窓からは海が見渡せた。「君はなかなか勘がいいんだね。僕は母に、いつの日かセリフォスに戻って家を建ててやると約束していたんだ。残念なことに、約束を果たす前に、母は亡くなってしまったけれどね」

サムは胸が痛くなった。「お母様はずっとあなたを見守っていらっしゃると思うわ。きっとあなたの成功を母親として誇らしくお思いになっているわよ」

「君は来世を信じているのかい？」

「もちろんよ」

「君にそう言われると、僕も信じられそうな気になる」

「私はあの世で母と再会して、また一緒に暮らせると信じているの」

「お父さんとも？」

サムはうろたえ、パーシアスから離れると、白い布張りのカウチの方へ歩いていった。

「できれば父のことは話したくないの」

「君はずっとお父さんのことを口にするのを避けているね。でも、話したくなければいいさ。そのうち君の信頼を得られたら、話してもらえると信じているから。それはさておき、家政婦のアリアドネを紹介しよう」

はっとして振り向くと、四十代と思われる黒髪の女性が立っていた。いつのまに入ってきたのだろう?

「彼女はヤンニの妻なんだ。夫婦でこのヴィラを管理してくれている」

「セリフォスへようこそ、キリア・コストポーロス」夫と同じように針金のような体型の家政婦は流暢《りゅうちょう》な英語で挨拶《あいさつ》した。

「ありがとう、アリアドネ。驚いたわ、私の国の言葉がとても上手なのね。ギリシア語を教えてもらえるとうれしいんだけど」

「ええ、喜んで」

「ありがとう《エフハリスト》」サムはパーシアスにフェリーの上で教えられたとおりに言った。

アリアドネはほほえんだ。「昼食のご用意ができていますので、いつでもどうぞ」

「ギリシア語で昼食はなんて言うの?」

「メシメルギアーノ」

サムは正確にまねようとした。夫と家政婦が満足げにうなずいた。

「五分ほど待ってくれないか、アリアドネ。まず妻を僕たちのスイートルームに案内して、シャワーを浴びてさっぱりしてからだ」

「私たちのスイートルーム?」

「安心してくれ」パーシアスはサムを促してリビングルームを出ながら、ささやいた。

「契約違反だと責められる前に説明しておくけど、スイートルームの二つの寝室をつなぐドアは両方から鍵《かぎ》がかかるようになっている。だから、毎晩僕を締め出せるさ」

「そ、そんなこと……」サムは口ごもった。「あなたを信じているから、鍵なんてかけるつもりはないわ」

「かけたほうがいいと思うよ。神を試すようなことはしないほうがいい。とくにこの島ではね」パーシアスは謎《なぞ》めいた表情で言うと、さっさとスイートルームを出ていこうとした。

「バスルームは寝室の右手にある」彼は肩ごしに振り返ってつけ加えた。「少ししたら呼びに来るよ」

　サムの頭の中にはパーシアスの警告が響いていた。彼が寝室に侵入してくる心配はないにしても、ここでの滞在が長くなれば、そのうち自分のほうから彼の寝室へ入っていってしまうのではないだろうか? 正直に言うと、サムにはそうしないでいる自信がなかった。あらぬ妄想を振り払うように、サムは自分に割り当てられた寝室へ入っていった。ゆったりとした部屋に、キングサイズのベッドと濃い色の木製の家具が置かれている。室内装飾はシンプルだが、なかなかセンスがよかった。

　プライベートビーチに面したガラスのドアからは海が見渡せ、家具や調度品はその海の色と白い砂浜に完璧《かんぺき》にマッチしていた。エスニック調のスタンドと床のタイルには、海と同じコバルトブルーの色が取り入れられている。目を細めて見ると、外の風景と部屋が一体となり、どこからが海と空で、どこからが部屋なのかわからなくなる。

息子の建てた家や成功した姿を見ることなく亡くなったパーシアスの母親のことを、サムは痛ましく思わずにはいられなかった。しかし、もっと痛ましいのは、ソフィアに対するパーシアスの気持ちだった。彼は心の奥底でまだ彼女を愛しているのだ。

ソフィア――彼女ゆえに、私はここにやってきたのだ。

「その事実を忘れないことよ、サム」バスルームの鏡に映った自分に向かって、サムは声に出して言った。

パーシアスへのかなわぬ思いを振りきるように、サムは冷たい水でざぶざぶ顔を洗うと、ふんわりした上等のタオルを手に取った。タオルは、金の付属品のついた大理石のシンクと同じローズ色だった。

すべてがサムの好みに合っていた。うれしいことに、彼女のためにデイジーと薔薇《ばら》の花まで生けられている。

アリアドネはさぞかし忙しかったことだろう。サムのための化粧品や新しい衣類や靴などがすべて、バスルームや寝室にきちんと用意されていた。

サムはキャビネットからレモンの香りのオーデコロンを取り出すと、喉元と手首に吹きかけ、それから髪にブラシを当てた。長い金髪を再び白いリボンで結んだとき、電話の音がした。静寂をつんざくようなその音に、サムの頭の中で警鐘が鳴り響いた。

ソフィアに違いない。きっと、パーシアスが妻を伴ってヴィラに到着したという噂《うわさ》が彼女の耳に届いたのだ。

サムはブラシを置いた。心臓が今にも喉から飛び出しそうだった。

「キリア・コストポーロス？」家政婦の声がした。

「なあに、アリアドネ？」急いでバスルームから出ると、アリアドネが部屋の入口に立っていた。

「キリエ・コストポーロスに女性の方からお電話がかかってきまして、旦那《だんな》様はお留守だと申しあげたら、それなら奥様とお話ししたいとおっしゃるんですが。旦那様は、ちょっと散歩をしてくると言ってお出かけになったんです」

サムはうろたえた。「お名前、おききした？」

「いいえ。急用だとしかおっしゃらないんです」

ソフィアに違いない。口がからからに乾いてきた。「私……まだギリシア語が話せないのよ、アリアドネ」

家政婦は肩をすくめた。「たぶん、英語を話されるんじゃないでしょうか？」

不安におののきながら、サムはベッドわきのテーブルに近づき、おそるおそる受話器を取った。「もしもし」サムは咳《せき》払いをした。「ミセス・コストポーロスですが」「出てくださって、ありがとう」電話の向こうからギリシア語なまりの英語が聞こえてきた。「私、ソフィア・レオニダスと申します。私のこと、ご存じかしら？」

サムは受話器をきつく握り締めた。なんと答えるべきだろう？　パーシアスはなんと言ってほしいと思うだろうか？

「ええ。主人から聞いております。たしか、彼のお母様があなたのお父様と結婚されていたとか。一時期、あなたとパーシアスは義理のごきょうだいだったわけですね」

電話線の向こうから伝わってくる沈黙が、相手のいらだちを語っていた。

「パーシアスと私が分かち合ったのは、一生に一度しか経験できないようなものでした。たとえ……」

公然とパーシアスへの愛を口にするソフィアに、サムは圧倒された。

「ニューヨークの彼と連絡を取ろうとして、秘書の方にこちらの番号を伝えておいたんですが、結局彼から電話はかかってきませんでした。昔私が彼にしたことを思えば、無視されて当然ですけれど」激しい感情に声が震えている。「でも、私がああいうことをしたのには、生死をかけた理由があるんです。その理由を彼に話す機会を待っているうちに、二十年という歳月がむなしくたってしまいました……」

電話の向こうの声は、パーシアスを刺して二十年間行方をくらましていた冷酷な女性のものとは思われなかった。それどころか、苦しみ、絶望している、深い愛情に満ちた女性のように思われた。

「実は、父が危篤で、パーシアスに会いたがっているんです。父は彼に話すべきことがたくさんあるんです。私も……」声がとぎれ、すすり泣く声が聞こえた。「あれには本当に生死にかかわる理由があったんです。あなたは彼をとうとう結婚する気にさせた方だから、彼もあなたの言うことには耳を傾けるはずだわ。ぜひあなたから、父に会いに来るよう彼を説得していただきたいの。しばらくの間とはいえ、父は彼の父親でもあったんですから。パーシアスの気持ちがどうあれ、私は彼を愛していましたし、今も愛しています。死ぬまで愛しつづけるでしょう」

その真剣な愛の告白を聞き、サムは体が震えた。

「パーシアスにあなたからよく話していただけませんか？　こちらの電話番号は家政婦に伝えてありますから」

サムは一息ついた。「あなたがおっしゃったことは彼に伝えますけれど、でも、それ以上のことはお約束できません」

「それだけでも感謝しますわ。とてもお願いできる義理じゃないんですもの」

電話は切れた。

サムはベッドに座りこんだ。自分がいつのまにか涙を流していることに唖然《あぜん》として。

ソフィアはまだパーシアスを愛している。パーシアスはソフィアと会って説明を聞いたら、きっと彼女とよりを戻すに違いない。

二人の再会の結果を予想し、打ちのめされていたサムは、パーシアスが部屋に入ってきたのに気づかなかった。彼は白いショートパンツに黒のTシャツという姿だった。その男盛りのたくましい体を、サムは息をのんで見つめた。

「だれと話していたんだい？　顔に血の気がないよ」

「ソフィアよ」

パーシアスの顔がこわばり、激しい怒りの色が浮かんだ。「どうしてアリアドネに代わらなかったんだ？」彼らしくない、ほとんどどなりつけるような言い方だった。

「アリアドネが私に電話を取り次いだのよ。相手が私に電話口に出てほしいと言ってるからと」

「どうやらソフィアは少しでも時間をむだにする気はないらしいな」パーシアスはぞっとするほど冷酷な口調で言った。

サムはベッドから立ちあがった。「なにか言う前に、まず電話の内容をきくべきじゃない？　彼女のお父様が危篤で、あなたに会いたがっていらっしゃるそうよ」

「危篤？」

サムはうなずいた。「それから、ソフィアは、二十年前にあなたにしたことには理由があったと言っていたわ。生死にかかわるような理由がね。話すことがたくさんあるって、彼女、泣きながらそう言ったのよ、パーシアス。とてもお芝居をしているようには思えなかったわ」

パーシアスの黒い目が冷ややかに光った。「ほかに彼女はなにを言ったんだい？　全部聞いておいたほうがよさそうだ」

サムは顔をそむけた。彼の顔が喜びに輝くのを見たくなかったからだ。「あなたと分かち合ったものは一生に一度しか経験できないようなものだったって。二十年という長い空白期間を経ても、いまだにあなたを愛しているそうよ。死ぬまであなたを愛しつづけるって言っていたわ」

パーシアスの顔は仮面をかぶったように無表情だった。サムには、彼がなにを考えているのかわからなかった。

「すぐに彼女のお宅へ行くべきだと思うわ」

「仕事でナクソスへ行かなくてはならなくなった。すぐにヘリコプターで発《た》つ。戻るのは夜になるが、一緒に泳ごう」

サムに答える暇を与えずに、パーシアスはさっさと姿を消した。

そのあとの時間をサムは最悪の気分で過ごした。夕食も二口三口食べただけで、ほとんど喉を通らなかった。そして、早々に部屋に引き取ろうとしたところへパーシアスが戻ってきて、一緒に泳ごうと強引に誘った。

数分後、プライベートビーチに出ていくなり、砂浜の熱気から逃れようと、サムはまっしぐらに海に向かった。しばらく勢いよく泳いでから、仰向けになって浮かび、砂浜にいるパーシアスの方を見た。

「あまり遠くまで行かないで」パーシアスの叫ぶ声が聞こえた。月光を浴びて、彼の黒い髪がつややかに光っている。

「大丈夫、岸から離れないようにするわ」

ソフィアの電話に対するパーシアスの怒りはすでにとけているようだった。サムは、怒りが自分に向けられなかったことに感謝した。実際、ナクソスから帰ったパーシアスはすっかりいつもの彼に戻っていた。

「マリアの料理はどうだった？」

「とってもおいしかったわ。あれ、なんていう料理だったかしら？」

「ボクサだ。子羊にレモンのソースをかけたものだよ。デザートに、甘くてクリーミーなミジスラ・チーズを出すように頼んでおいたんだが。僕の大好物なんだ」

「なにもかもみんなおいしかったし、とてもカロリーが高そうだったわ。おかげで、とりすぎたカロリーを消費するのに、一晩中泳ぎつづけないといけないみたい」

パーシアスがくすくす笑った。たくましい体、ブロンズ色のなめらかな肌。彼を見ているだけで、サムは体温が上がりそうだった。

これでは、自然発火して、水蒸気を吹きあげかねないわ。サムは思わず低い笑い声をたてた。そのとき、驚いたことに、すぐそばの水面にパーシアスが浮かびあがった。

「そんなふうに笑うと、僕の寝室に飾ってある絵の女性にそっくりだよ。君が僕のオフィスに入ってきた瞬間、よく似ているのに気づいたんだ。絵の女性も金髪だけど、君よりずっと長い。彼女は鎖で岩につながれているんだ」

「アンドロメダね。ペルセウスが海の怪獣から救い出して、セリフォスに無事連れ帰った美女」

パーシアスはうなずいた。「君は彼女と同じくらい美しい」

赤くなった顔を隠そうと、サムは水中にもぐり、数メートル離れたところに浮かびあがった。だが、巧みな泳ぎでパーシアスはすぐに追いついた。

サムは、腕を伸ばして彼の美しい体に触りたくなった。

「だれの作品？」衝動を抑えるために、なにか言わなくてはならなかった。

「ジュールズ・グレゴリーさ。絵を描《か》くためにセリフォスにやってきた彼からその絵を買ったのは、もう十六年ほども前だ。そのころはまだ無名だったけど、今では多くのコレクターが彼の肖像画を欲しがっている。でも僕は、自分の持っている絵が彼の最高傑作だといまだに思っているんだ。たぶん、その絵を描いたとき、彼は恋に悩んでいたんじゃないかな」

サムは震えだしそうになるのを必死でこらえながら、平静な顔を保とうとした。

パーシアスが心配そうに眉をひそめ、すばやい動きでサムの二の腕をつかんだ。「どうかしたのか？　痙攣《けいれん》を起こしたのかい？」

「ええ」サムはうなずいた。「食べたあとですぐに泳いだからだわ」

「戻ろう」

パーシアスは力強い腕にサムを抱いてヴィラまで運ぶと、彼女の寝室のバスルームに下ろして、シャワーを浴びさせた。水着をつけているだけの裸に近い姿で、彼と体をくっつけ合うようにして立っていることに、サムはいたたまれなくなった。

サムの水着はニューヨークでパーシアスが選んでくれたブルーのビキニで、おとなしいデザインのものだったが、それでも大胆すぎるような気がした。

「ありがとう、パーシアス。もう大丈夫よ」サムは大きなバスタオルを取り、体をおおった。

「でも、それまであんなにはればれとしていたのに、急に暗い顔になったのはなぜなんだい？」

「たぶん時差ぼけよ。今夜ぐっすり眠れば元気になるわ」

パーシアスは納得がいかない顔だった。「気分がよくないようなら、夜中でもかまわないから僕を呼ぶんだよ。すぐ行くから」

「あなただって眠らなくちゃ」

「僕は飛行機には慣れている。明日、島を見てまわるのは延期して、室内プールでゆっくり過ごそう」

パーシアスは本当に気づかってくれているように見えた。だが、サムはうたぐり深くなっていた。

彼は私と島を歩きまわりたくないんじゃないかしら？　もしかすると、彼はソフィアを訪ねるつもりなのかもしれない。

「明日、アテネからガーデニングのカタログを取り寄せよう。庭の設計について話し合いながら一日過ごしてもいい。どうだい？」

胸に刺すような痛みが走った。愛し合っている新婚夫婦なら、最高に幸せな時間の過ごし方だった。「正直言って、早く始めたくてうずうずしているの」

「それじゃ、決まりだ。おやすみ、サマンサ。君は愛称で呼ばれるほうが好きらしいけど、サムと呼ぶには、君は女らしすぎるよ」パーシアスはすばやくサムの唇にキスをすると、バスルームから出ていった。

サマンサ……。パーシアスに初めて名前を呼ばれたのだ。魅力的なギリシア語なまりで。それに、思いがけないおやすみのキス。

胸がどきどきしていた。人目もなく、芝居をする必要もないのに、なぜ？

しかし、それから十分ほどシャワーを浴びているうちに、サムはその理由がわかってきた。

パーシアスは私の気持ちをくつろがせようとしたのだろう。きっと彼は、これから新婚カップルとして人前に出ていく心の準備をさせようとしているのだ。私の役目は、ソフィアや、彼女を知っている彼の親類や友人に、二人が熱烈に愛し合っている新婚夫婦なのだと信じこませることなのだから。

さらさらのシーツに横たわったとき、サムの体はすぐにも眠りにつくことを求めていた。だが、意識は眠ることを拒否していた。

明日、パーシアスの寝室に忍びこみ、彼が何年も前に父から直接買ったという絵を見てみよう。

父の作品がこのヴィラに飾られていると思うと、不思議な気がした。それよりもさらに不思議なのは、その絵をパーシアスがとても気に入っているらしいことだった。彼はその絵をニューヨークやアテネのオフィスにではなく、自宅の寝室に飾っているのだ。

うとうとしかけたとき、サムの思いはまたソフィアに戻った。結局パーシアスは、この世でたった一人、本当に愛している女性と結ばれるだろう。

いつしかサムはすすり泣いていた。そして、泣きながら眠りに落ちた。

# 6

サムがようやく目覚めたとき、太陽はすでに真上近くまで昇っていた。十二時間も眠りつづけたことになる。

鏡をのぞいたとたん、サムは短い叫び声をあげた。まぶたが腫《は》れあがっていた。パーシアスに見られたら、すぐに泣いたことがばれてしまう。もしかしたら、昨夜、ドアごしに泣き声を聞かれていたかもしれない。いずれにしても、プールへはサングラスをかけていこう。日差しがまぶしいからと言い訳して。

真新しいワードローブの中から、サムはしゃれたベージュの麻のショートパンツとノースリーブのブラウスを選んだ。ブラウスは白でトリミングされている。茶色のサンダルをはき、髪を一つにまとめて、鼈甲《べっこう》のクリップでとめた。マットなピンクの口紅をつけ、大好きなレモンの香りのコロンを一吹きする。

いつもの習慣どおりベッドを整えると、サムは部屋を出て、まっすぐキッチンに行った。さすがにおなかがすいていた。おいしそうなジュースとロールパンがある。

マリアをわずらわせずにブランチぐらいは自分で用意しようと思ったとき、書斎から出てきたパーシアスにじゃまされてしまった。ジーンズを身につけただけの彼の姿に、サムは息をのんだ。

「おはよう、サマンサ《カリメラ》」パーシアスはほれぼれとした目でサムを眺めまわした。

「カリメラ、パーシアス」

「よく眠れたかい？」

「ええ、ぐっすり。なんだか光がまぶしくて」

「この島の日差しは慣れるのに少し時間がかかる。プールで一緒にブランチをとろう」

サングラスをかけている本当の理由を感づかれていないかどうかは、わからなかった。

「きっとあなたはもう七人分の仕事をしたんでしょうね」屋敷《ヴィラ》の横手のプールに向かって歩きながら、サムはからかった。

「たったの七人分？」パーシアスも調子を合わせて言い返してきた。

サムはくすくす笑いながら、プールのわきのテーブルに近づいていった。新鮮なフルーツ、蜂蜜《はちみつ》をつけた焼いたハム、甘いペストリー、オムレツ、ジュース、というごちそうが並べられている。

「ここに長く滞在するようなら、マリアをくびにして、私にキッチンをまかせてもらわないとね。そうすれば、二人ともたちまちやせられるわ」

今度はパーシアスが声をたてて笑った。「あいにく君は庭師として雇われているんだ」

「わかってるわ。早く取りかかりたくてたまらないの」大粒の葡萄《ぶどう》を口にほうりこみながら、サムは言った。それは本心だった。

「だいたいの構想はもうできているようだね。昨日、君の目を見てわかったよ。聞かせてくれないか？　それとも、完成するまで秘密にしておくつもりかい？」

「そうね……奇抜な庭を造って、あなたをびっくりさせたいと思ってるの。でも問題は、そのためには、庭が完成して、草木が生長するまで、あなたに目隠しをしていてもらわなければならないことよ」

パーシアスはいっそう朗らかな笑い声をたてた。「それじゃ、庭の方を見ないようにするよ」

「それは無理だと思うわ。だって、庭はヴィラの前から海まで続いているのよ」

「それなら、車を裏にまわして、裏口から出入りするようにしよう」

「ほんとに？」

「ああ、ほんとさ」

サムは、快く自分に調子を合わせてくれる彼に満足した。「うれしいわ」

「いやに素直なんだね。以前の君はそんなに従順じゃなかった。きっとギリシアが君を変えたんだな」

ええ、そのとおりよ。ギリシアと、あなたが変えたの。

「あなたが夫として申し分なくふるまっているからよ、パーシアス。あなたは、目的を達するまでは絶対に気を抜かないのね」声が震えた。「私はただ、使ったお金に見合うだけのものを得ていると、あなたに思ってもらいたいだけ」

たちまち和気あいあいとした雰囲気が消え、パーシアスは不機嫌な顔で椅子から立ちあがった。「今夜、ソフィアの家を訪ねたとき、君の努力のほどを見せてもらうさ」

サムは平静を保とうとした。「あなたのご希望どおりにふるまうわ」

しばらく間があいた。

「でも……」サムは唾《つば》をのみこんで言った。「今夜を最後に、あなたはもう私を必要としなくなるかもしれないわね」

「それはどういう意味だい？」パーシアスは険しい顔で詰問した。

サムはあとずさりしたい心境だった。「ソフィアはまだあなたを愛しているわ。昔、あなたを刺して行方をくらましたのにはそれなりの理由があったって、彼女は言っていたの。彼女の説明を聞いたら、あなたの気持ちはすっかり変わるかもしれない。そして、彼女と……」

「もういい……」パーシアスは激しい口調でさえぎった。「僕はすでに君にかなりの金を投資している。だから君には忠実に従ってもらう。わかったね？」

「ええ、もちろん、わかってるわ。私はただ、あなたたちがよりを戻す決心をしたとしても当然だと思うし、そのときは残りの契約をあなたに守ってもらうつもりはないって言いたかったの。あなたはすでに十分なことをしてくださったわ。一生かかってもお返しできないくらい。だから、もしあなたがソフィアと仲直りできたら、私はすぐにニューヨークへ戻るつもりよ」

パーシアスは立ちあがった。「僕がいいと言うまでは、君はどこへも行ってはならない」彼はサムに近づくと、両手で彼女の顔をはさみ、唇に強くキスをした。契約を思い出させるように。「とにかく」ようやく唇を離すと、彼は低い声で続けた。「君のパスポートは僕が保管しているんだからね」

張りつめた空気が流れた。

「庭の設計に参考になりそうなものはすべてそのテーブルに置いてある。ほかになにか希望があったら、僕は書斎にいるから。では、失礼する」

一言断ってから、パーシアスはさっさと出ていった。サムを置き去りにして。

サムは呆然《ぼうぜん》として座っていた。屈託なく話していたのに、どうしてこんなことになってしまったのだろう？　彼女は自分たちの会話を思い返してみた。

ソフィアのことに触れたとたん、パーシアスは不機嫌になった。ソフィアの立場を弁護したことが、彼を怒らせたらしい。

それも当然かもしれない、とサムは思った。ソフィアと勝手に電話で話をし、彼女に伝言を頼まれるなんて、パーシアスにしてみれば裏切り行為に等しいのだろう。二度と同じ間違いは犯すまいと決心して、サムはカタログを手に取った。

パーシアスが荒々しい足取りで出ていってしまったことで傷つけられた気持ちを振り払うように、サムはカタログを開き、仕事を開始した。そして、まるで悪魔に追いかけられてでもいるように、さまざまなデザインを描《か》くことに没頭し、アリアドネがブランチの食器を片づけに現れたことにも気づかなかった。

色彩設計はすでに頭の中にできていた。あとはただ暑さに強い、この島の土壌に合った植物を見つけるだけでよかった。ありがたいことに、パーシアスが用意してくれたカタログには、サムの必要としている情報がすべて載っていた。

数時間がまたたく間に過ぎていった。アリアドネがサーモンのグリルと香り高いフルーツという軽いランチを運んできた。パーシアスがいる気配はまったくなかった。たぶん、彼はヤンニに車でヘリポートまで送らせ、アテネへ飛んだのだろう。

三時半をまわったとき、サムはようやく仕事を終わりにし、描きあげたデザインに満足しながら、スイートルームに引きあげた。そろそろ今夜出かけるときのことを考えなくてはならなかった。

クローゼットには、とても気に入ったクレープデシンのクリーム色のワンピースがかかっている。袖《そで》の短い、スクープネックのシンプルなデザインで、すばらしくエレガントだ。

だが、もしそれを着るとしたら、少し肌が焼けているほうが映えるに違いない。あいにく、ニューヨーカーのご多分にもれず、サムも青白い顔をしていた。

しばらく砂浜に寝そべっていれば、頬に日焼けの色がつくだろう。そう思いつくと、サムはすぐさまビキニに着替え、タオルをつかんでビーチへ出ていった。

はるか沖合にヨットが数隻とフェリーが一隻浮かんでいるだけで、青い水平線がくっきりと見える。

サムはサンダルを脱ぎ捨てると、そのまま海へ突進していき、しばらく水とたわむれた。それから、日を浴びようとタオルを広げた。

焼きすぎないように、十分だけと自分に言い聞かせ、目を閉じると、雑念を頭から追い出そうとした。やがて、まるで天国にいるような平和と静寂に包まれ、穏やかな波の音と頭上の鴎《かもめ》の鳴き声を聞いているうちに、いつしかうとうとしだした。

「今夜の外出を断るつもりなら、なかなかいい思いつきだ」

とがめるような鋭い声に、サムはぱっと目を覚まし、飛び起きた。

「パーシアス……」彼がタオルを差し出すと、サムは思わずあとずさりした。「ほんの数分だけ肌を焼こうと思ったの」

「正確には二十分だ。もう数分もしたら、真っ赤になるところだよ。さあ、家に入って」

サムはパーシアスの視線を避けながら、サンダルをはき、彼のあとから歩いていった。

「私……ほんとに気がつかなかったの。信じて」

パーシアスは立ちどまった。いらだちを抑えかねるように、胸が激しく上下している。

「ここはギリシアなんだよ、セントラル・パークじゃないんだ」

「わかってるわ」サムは不満そうに言った。聞き分けのない子供にでも言い聞かせるような彼の口調が気に入らなかったからだ。

「これから、海に出るときは僕かアリアドネに断ってからにするんだ。それから、もう一つ。一人では絶対に泳がないこと。いいね」

「約束するわ」サムはすばやく言った。そして、自分の部屋のドアの前まで来たとき、話題を変えようとした。「今夜、何時までに支度をしておけばいいかしら?」

「あと一時間ほどしたら出かけるつもりだ。パナジアまで車で行って、食事をしよう。君が前に、そこに住んでるのかってきいた町だよ。パナジアには古風で趣のある食堂《タヴェルナ》があるんだ。きっと気に入ると思うよ。それから、リヴァディへ行こう」

リヴァディはナイトクラブやバーや映画館があって、観光客であふれている、とパーシアスから聞いていた。彼はその港町があまり好きそうではなかった。もともと繁華街が嫌いなのかもしれないが、もしかしたらソフィアが父親と住んでいるせいかもしれない。

「一時間で支度できるかい?」

「キャビネットに日焼け用のローションが入っている。シャワーを浴びたあとでつけるといい。痛みがやわらぐだろう」

「ありがとう」サムは小声で言った。そんなにやさしくしないで、と心の中でつけ加える。さもないと、彼に心を惹《ひ》かれないでいるのがますますむずかしくなりそうだ。「急いで支度するわ」

返事を待たずに、サムはバスルームに入り、ドアを閉めた。胸がどきどきしていた。曇りガラスを通して、彼がしばらくためらってから、背を向けてドアの前から離れていくのがわかった。彼女はほっとしてビキニを脱ぐと、シャワーを浴び、手早く髪を洗った。

今夜は髪を肩に垂らすつもりだったから、ブローをする時間が必要だった。

パーシアスが言ったとおり、アロエのローションはひりひりする日焼けの痛みをいくらかやわらげてくれた。幸運にも、サムの顔はまだロブスターのような色にはなっていなかった。むしろ、ちょうどいい具合に焼けている。マットな珊瑚《さんご》色の口紅がほのかに焼けた肌によく合った。

ワンピースと同じクリーム色のヒールの高いストラップつきのパンプスをはくと、パーシアスが選んでくれたフランス製の香水をほんの少しつけ、耳にいかにも高価そうな金のフープ・イヤリングをつけた。最後に結婚指輪をはめて、今夜の装いは完成した。

「ええ」

結婚指輪は、なくすのを恐れて結婚式のあとですぐに宝石箱にしまっていたのだが、今夜は薬指にはめるべきだった。

最後にサムは、鏡に映った見知らぬ女をじっと見つめた。それは自分であって、自分ではなかった。エレガントで、洗練されていて、とてもゴージャスに見えた。

これならパーシアスを失望させないだろうとほっとしながら、部屋を出ようと振り向いたとき、ノックの音がした。

「サマンサ？　入っていいかい？」

サムははっとした。「ええ……どうぞ」

パーシアスの寝室に通じるドアが開いたとき、サムは息をのんで、彼の姿を見つめた。パーシアスは、シルクのロイヤルブルーのシャツとオフホワイトのズボンを身につけ、広い肩にブルーのピンストライプが入ったジャケットをかけていた。

その姿に見とれていて、サムはパーシアスの表情に気づくのにしばらくかかった。彼は信じがたいという顔でサムを見つめていた。

服装を間違えたのだろうか？

ふいに不安になり、サムは尋ねた。「どうかした？　どうしてそんな妙な顔で私を見ているの？」

「寝室に来てくれ」

サムは驚いて、目をぱちくりさせた。

パーシアスはからかうように唇をゆがめた。「あるものを見せたいんだ。誘惑するつもりじゃないから、安心してくれ。契約違反を犯す気はない」

サムはパーシアスのくい入るような視線を意識しながら、震える脚で彼に近づいていった。

パーシアスはサムの右手をつかむと、自分の部屋に引き入れ、二つのダブルベッドの間の壁にかかっている一メートル五十センチ四方ほどの絵の前へ連れていった。

それはもちろん、アンドロメダの絵だった。

もっとよく見ようとさらに絵に近づいたサムは、ショックのあまり、叫び声をあげた。顔から血の気が引いていくのがわかった。

「パーシアス……」サムはよろめいた。だが、パーシアスに背後から抱きとめられた。

「こ、これは、私の母よ！」

「あまりよく似ているから、きっとなにかあるとは思っていたんだ」彼の声は震えていた。

「ようやくすべてがわかったよ」

「どういう意味？」

「初めて君の美しい顔を見たとき、なんだかとても懐かしい気がしたことや、君のコラージュにずば抜けた才能のひらめきを感じたことさ」

サムにはパーシアスの言葉を真に受けることはできなかった。彼がずっと昔にその絵を買ったのは、絵の主題が気に入ったからで、モデルに惹かれたからではないはずだ。

父は天才だった。ゆるやかにまとった青磁色の薄い布の下に透けて見える若々しい肉体。母の本質を、その美しさを、父は完璧《かんぺき》にとらえていた。鎖で岩につながれたアンドロメダは、救いを求めて、愛するペルセウスにむき出しの両腕を伸ばしていた。

涙があふれ、頬を伝った。「こんなに若くて魅力的な母は初めて見たわ。それに、こんなに幸せそうな母も！　顔も瞳も、愛に輝いているわ」ふいに激しい怒りがこみあげてきた。「父はこの絵を描いたあと、妊娠している母を捨てたのよ」

サムの悲痛な声が部屋に響いた。額の下の金色のプレートに、〝私のアンドロメダ〟と書かれている。そして絵の右下の隅に、ジュールズ、と父のサインがあった。

「ああ……」

もはや耐えきれなくなって、サムは激しく泣きだした。体の向きを変え、パーシアスの胸に顔をつけて。彼は、泣きやむまでサムをあやすように揺すっていた。

「父とは……一度も会ったことがないの。会いたいとも思わないわ。お願い、二度と父の名前を口にしないで。私には父親はいないのよ」

パーシアスの前で取り乱してしまったことを恥じながら、ようやくサムは顔を上げ、彼の腕から離れた。

「シャツを汚してしまって、ごめんなさい。五分待ってもらえる？　お化粧を直すわ」

「出かけるのをやめてもいいんだよ」

パーシアスは、自分の要求より私の要求を本気で優先しようとしている。サムの胸はかすかにときめいた。だが、すぐに、はかない期待を打ち消した。

「いいえ、出かけましょう。今夜はきっとあなたの人生にとって最も大切な夜になると思うわ。私も契約を守らなくちゃ」

数分後、二人はパナジアに向けて出発した。車に乗っている間も、食事中も、二人は差しさわりのない話題を選んで、とりとめのない会話を続けた。

「気分が悪いのかい？」リヴァディが近づいてきたとき、パーシアスが尋ねた。パナジアのタヴェルナを出てから、彼が口をきくのは初めてだった。

「いいえ。どうして？」

「料理をほとんど食べなかったからさ。ただフォークでつついていただけで、蛸《たこ》のサラダを一口か二口食べただけだった」

パーシアスがおもしろいエピソードを紹介したり、もう二度と味わえないような珍しいギリシア料理を注文したりして、気持ちを引きたてようと気をつかってくれたのは、サムにもわかっていた。しかし、彼女は、会ったこともない父親が描いた母の肖像画を目にしたショックから立ち直れないでいた。パーシアスがあれこれと思いをめぐらしているのもわかっていたが、父親に対する激しい感情を打ち明けることなどできなかった。彼自身、解決すべきつらい重荷をかかえているのだから。サムは黙って助手席の窓の外を見つめていた。

「着いたよ、サマンサ。なにも心配することはないから。ただ僕に従っていればいい」

サムは深呼吸をしてから、にっこりほほえんだ。「心配しているとしたら、あなたのことよ。あなたは……」声がつまった。「二十年ぶりにソフィアに会うんですもの。私があなたのために祈っていることを忘れないで」

パーシアスはサムの手を取って、てのひらにキスをし、ささやいた。「ありがとう」

サムの背筋に震えが走った。

レオニダス・ヴィラはリヴァディの中心部にある、こぢんまりとした、とても魅力的な建物だった。パーシアスの説明によると、キクラデス様式だということだった。

パーシアスはサムを車から降ろすと、彼女の腕を取り、両わきにブーゲンヴィリアが咲き乱れている玄関までの短い小道を歩いていった。

「キリエ・コストポーロス」ドアを開けた小柄な老人がパーシアスを見て大声をあげた。老人の顔に大きく笑みが広がったと思うと、二人は固く抱き合った。老人は涙を流しながら、早口のギリシア語でなにか言った。

目の前の感動的な再会の場面に、サムの胸は熱くなった。

「ジョージオ、こちらが妻のサマンサだ」パーシアスはサムにもわかるように英語で言った。「ダーリン……」その愛情あふれる呼びかけに、サムはとまどった。「ジョージオは三十年間もレオニダス家で働いているんだ。かつてこの家で僕を心から歓迎してくれたのは彼だけだった」

「お会いできてうれしいわ、ジョージオ」

サムが差し出した手を、老人は興奮したように握った。「さあさあ、お入りください。ドクターは書斎のベッドにおられます。今日はあまりご気分がよくないのですが、あなたにお会いするまではおやすみになることを拒まれて……。お嬢様がまずお会いになりたいそうで、応接室でお待ちになっておられます」

「ありがとう、ジョージオ」

さまざまな感情が渦巻いているはずなのに、パーシアスの表情は平静そのものだった。彼はサムの背に手を添え、品のいい家具や調度品でしつらえられた応接室へと導いていった。

二人が部屋に入っていくのとほとんど同時に、反対側のドアから、背の高い肉感的な黒髪の女性が入ってきた。ソフィアに違いない。

白いテイラードスーツが、すばらしい肉体と日焼けした長い脚を際立たせている。カルメンを連想させるそのエキゾチックな美しい顔には、苦しみに耐えてきた女性の憂いが漂っていた。どんな男性も彼女を一目見たら忘れられなくなるだろう。

ソフィアの涙ぐんだような黒い目は、サムの存在に気づいていなかった。

「パーシアス」それは愛と切ない思いのにじみ出た声だった。続いて、ソフィアの口からギリシア語がほとばしり出た。

「ソフィア」パーシアスが制するように言った。驚くほど冷静な声だった。「妻を紹介するよ。サマンサだ。彼女はまだギリシア語が話せない。だから、彼女の前では英語で話してほしいんだ」

ソフィアの顔にありありと苦痛の色が浮かんだ。サムは彼女を気の毒に思わずにはいられなかった。

「はじめまして」ソフィアは言った。だが、視線はパーシアスに向けられたままだった。

「あなたと二人だけで話したいと思っていたの、パーシアス。お願い」

サムはパーシアスに向かって、ソフィアの希望どおりにしてあげてと言いそうになるのを必死でこらえた。

「僕は結婚しているんだよ、ソフィア」その事実を強調するように、パーシアスはサムの肩に腕をまわし、やさしく抱き寄せた。「妻とはお互いになんの秘密も持たないことにしているんだ」

「話すことがたくさんあるの」ソフィアは泣きだしそうな声で言った。「なにから話したらいいのかわからないくらい。でも、その前にあなたに許しを請わなくちゃならないわ」

ソフィアの頬を涙が流れ落ちた。

「もうずっと昔に許しているよ、ソフィア」

またしてもサムは、パーシアスの落ち着き払った冷淡な態度に驚かされた。

「私のしたことは許されない行為だとわかってるわ。私はあなたの顔を傷つけてしまった。でも、あのとき、私には選択の余地がなかったの。ああするか、父があなたの心臓を拳《けん》銃《じゅう》で撃つか、どちらかだった」

「芝居がかった言い方はやめてくれないか、ソフィア」

「私の話を信じなくても当然だわ。でも、二十年前、あなたとあなたのお父様に対する憎しみが父を錯乱させたのよ」

この家を訪問してから初めてパーシアスの顔に動揺の色がよぎった。「僕たちの話に、父がどうかかわるって言うんだ？」

「あなたはまったく知らなかったことだけど、私の父はあなたのお母様に求婚していたのよ。お母様があなたのお父様と結婚なさる前に。でも、あなたのお父様を愛していたお母様は、父のプロポーズを断ったの」

ソフィアの話は本当だろう。今、彼女がわざわざそんな作り話をする理由はなかった。パーシアスもそう思ったらしい。

「続けてくれ」彼は先を促した。

「父は、お母様が将来医者になろうとしている教養のある自分より、ただの漁師のほうを選んだことに、プライドを傷つけられたの。父が私の母と結婚したのは、ただ女手が必要だったからで、本当に求めていたのはあなたのお母様だった。バスの事故で母が亡くなったときも、父はあまり悲しまなかったわ。あなたのお父様が海で亡くなられてからは、父の頭にはお母様のことしかなかったの。お母様になんとかして近づきたいと思っていた父のところへ、あなたが病気になったお母様を連れてきた。そして、父はお母様と再婚した。父はお母様のことを神様の贈り物だと思っていたわ。でも、あなたのことは嫌った。あなたがお父様のことを思い出させたからよ。あなたは誇り高くて、とても独立心が強かった。私たちが愛し合っているのを知ったとき、父は激怒したわ。父はスピロスを……あの、港の近くに住んでいた男を雇って、私たちをスパイさせていたの。あのとき、二人でどこかへ逃げようとあなたが船を頼んだことを、その男に知られてしまったのよ」

サムはパーシアスの体が震えたのを感じ取った。

「あなたがなにを計画しているか知った父は、私を追いつめ、二度とあなたに会わないと誓わせたの。もし誓いを破ったら、あなたを自分の手で殺すって、父は言ったわ」

パーシアスは押し黙っていた。サムは呼吸をすることもはばかられた。

「それで私は怖くなったの。あなたとあなたのお父様のことに関する限り、父は正気じゃなかったから。私はあなたに生きていてほしかった。だから、父の引き出しからナイフを取り出して、あなたがやってくるのを待ったの。あなたを説得して、二人で逃げることを思いとどまらせる自信はなかった。だから、あなたを残して自分一人で逃げるには、なにかのっぴきならないことをしでかすしかないと思ったの。でも、誓って言うけど、あなたを傷つけるつもりはなかったのよ。信じて、パーシアス。決してそんなつもりはなかった」ソフィアはすすり泣きはじめた。「あなたを自分の命より愛していたし、今も愛しているわ」それは、うめくような悲痛な声だった。

# 7

ソフィアは震えるような長いため息をついた。「父は私を無理やりトルコへ行かせて、ある修道院に入れたの。私はそこから一歩も出ることを許されなかったわ。父は私の生活費を負担し、いつの日か私が修道女になることを望んでいたの。でも、私にはそんな気はなかった。結局、自分の意思に反してそこに入れられただけで、なんの使命感も持っていなかったから。結局、その修道院を逃げ出した私は、ある農民と出会って、彼のところで働かせてもらうようになったの。なにしろパスポートもお金も持っていなかったから、ギリシアに戻ることは不可能だった。そのうち、彼に結婚してほしいと申しこまれて、私は受け入れたわ。でも、彼は半年前に亡くなったの。それで、彼が残してくれたわずかな農地を売って、ようやくギリシアに戻ってこられたのよ。もちろん、パスポートなしでは帰国できないから、家に電話をかけたわ。そのとき、電話に出たジョージオから、父がずっと私の行方をさがしていたことを知ったの。結局、父は正気を取り戻したわけだけど、遅すぎたのね。そのとき、すでに私は修道院を飛び出して、行方がわからなくなっていたんだから。

ジョージオが父と電話を代わってくれて、私たちはようやく和解したわ。それで、父は私のために新たにパスポートを発行してもらえるように手配してくれたの。父と再会したとき、すぐに父とはわからなかった。父はひどく病気が重くなっていて……。父は、あなたや私にしたことがどんなにひどいことか、承知しているわ。父がまだ生きているのは、あなたに会って、許しを請いたい一心からだと思うの」

パーシアスは片手で髪をかきあげた。サムには、そのしぐさがソフィアの言葉に衝撃を受けている証拠に思えた。

「君はこの二十年間、トルコに追放されていたと言うんだね?」

「ええ、そうよ、パーシアス。証拠を見せろと言うなら、いくらだって見せられるわ」

パーシアスの沈痛な表情がすべてを語っていた。今夜、運命が変わるだろうというサムの予感は、どうやら当たったらしい。ソフィアはようやくパーシアスのもとに戻ったのだ。星まわりの悪い恋人たちは、結婚して幸せになるのに長い年月を要するのだろう。

「君のために、もう一度だけお父さんに会おう。サマンサ?」パーシアスはサムの頭のてっぺんにキスした。「ここで待っていてくれ。長くはかからないから。ジョージオになにか飲み物をもらうかい?」

「いえ、けっこうよ」声が震えた。「私は大丈夫。どうぞ……ごゆっくり」

すぐそばの椅子に腰を下ろすと、サムはパーシアスとソフィアが部屋を出ていくのを見守った。連れ立って歩いていく二人の姿は、長い間離れ離れになっていたとは信じられないほど、しっくりと似合っていた。

すでにサムは忘れられていた。当然のことだが。

サムにはわかっていた。長い年月を経てソフィアと再会することに不安を覚えていたからこそ、パーシアスは私を盾として利用しようと思いついたに違いない。しかし、もはや盾を必要としなくなったからには、遠からず、私は荷物をまとめて彼のもとを去ることになるだろう。そして、私が去ったあと、ソフィアがヴィラ・ダナエーの女主人になるのだ。

ソフィアの恐ろしい話を聞いた今、サムはもはや父親に復讐《ふくしゅう》しようと思う気持ちを失っていた。ジュールズ・グレゴリーはひどい人間かもしれないが、少なくとも、娘の人生をだいなしにしたり、ソフィアがこうむったような苦しみを味わわせたりはしなかった。

今夜、サムの心の中でなにかが吹っきれた。父親がいなくても立派にやってきたことを、ジュールズ・グレゴリーに証明することに、どんな意味があるというのだろう？　そんなことは感情とエネルギーの浪費にすぎない。

パーシアスの人生がいい例だ。この二十年間、彼は個人的な幸福を一時保留にしてきたのだ。私もこのまま父親に対して復讐心を持ちつづけるなら、同じ道を歩む危険がある。もう怒りは忘れないといけない。

サムは座って待っている間に、明日、朝のうちに島を去る決心をした。自分がこの島にやってきた目的は果たされたのだ。幸せな新婚夫婦を装いつづける理由はもうない。パーシアスとソフィアは、だれの目にも似合いのカップルに見えるだろう。これ以上長居をして、二人の恋のじゃまをしたくない。

ここを去るときは、パーシアスが買ってくれたものはすべて残し、身一つで出ていこう。そして、できるだけ、彼から遠ざかろう。

そうだ、ワイオミングのシャイアンがいいかもしれない。大叔母がまだ健在だし、母の墓もある。再出発するにはぴったりだろう。仕事をさがして、お金を稼いだら、母の遺体を船でワイオミングへ運び、埋葬し直したときの費用をパーシアスに返そう。

父に対する怒りを忘れる決心をしたことで、サムはこれまで生きてきて初めて心の安らぎを覚えた。

だが、パーシアスへの思いをあきらめなければならない苦痛は、また別問題だった。自分は一生彼を愛しつづけ、死の床でもパーシアスの名を呼ぶだろうと思えた。

屋敷内は墓場のように静まり返っていた。サムはしだいにいたたまれなくなってきて、外の車の中で待つことにし、足音を忍ばせて部屋を出た。

そっと玄関のドアを開け、ハイビスカスの香りが漂う暖かい湿った夜気の中に出ていくと、サムはほっと吐息をついた。車の方へ歩いていき、助手席側のドアに寄りかかって、しばらく目の前の海を見つめていた。セリフォスはどこにいても、いつも青いエーゲ海が見えた。

よく見ておくのよ、サム。明日、この島を去れば、もう二度と目にすることはないかもしれないのだから。

ふいにギリシア語でまくしたてる声がした。驚いて振り返ると、パーシアスが立っていた。彼の険しい表情に、サムはたじろいだ。なぜか、ソフィアと感動的な再会を果たした彼は、もっと違う顔で戻ってくるものと思っていたのだ。

「応接室で待っているように言ったはずだ」パーシアスは噛《か》みつくように言った。「ジョージオにも断らないで外へ出ていくなんて、いったいどういうつもりなんだい？」

サムは当惑して頭を振った。彼の怒りが理解できなかった。「どれくらいかかるのかわからなかったし、急に新鮮な空気が吸いたくなったの」

「ちゃんと僕の妻らしくふるまってほしい」

「でも、もうソフィアの前でお芝居をする必要はないんじゃない？　真実が明らかになって、あなたたちは仲直りしたんですもの。もう状況は変わったのよ。私は、明日、フェリーでアテネへ行って、飛行機でアメリカに戻るわ」

パーシアスは無言で助手席のドアを開け、サムに乗るよう促した。サムはほっとしながら乗りこんだ。早く帰って、自分の部屋で一人になりたかった。

ほとんど口をきかずに運転しているパーシアスの横で、サムは思った。ソフィアと一晩中語り明かしたいと思っているときに、私を屋敷《ヴィラ》に送っていかなくてはならず、彼はいらだっているに違いない。きっと、私を送り届けたら、リヴァディに戻るつもりだろう。ソフィアと、これから先の人生設計を立てるために。

十分後、車がヴィラに着くと、サムは一人で助手席から降り、玄関に向かって足早に歩いていった。すぐにも自分の部屋に行き、一人になりたかった。

「どこへ行くつもりなんだい？」

すばやく車を降りて追いついたパーシアスが、サムの手首をつかんだ。

「家よ、もちろん」

「さっき、君は新鮮な空気を吸いたかったと言ったね。実は僕もそんな気分なんだ」パーシアスは靴と靴下を脱ぎ捨てながら言った。

サムは目をまるくして、彼を見つめた。「でも、あなたが戻ってくるのをソフィアが待っているんじゃ……」

「ソフィアのお父さんは危篤なんだ」パーシアスは低い落ち着いた声でさえぎった。「今ごろはたぶん司祭が呼ばれているだろう」

サムは唾《つば》をのみこんだ。「彼女のお父様と対面するのはさぞつらかったでしょうね。彼女のお父様は正直に告白なさったの？　ご自分のしたことをすべて……」

「僕たちは和解したよ」パーシアスは穏やかな口調でまたサムの言葉をさえぎった。「この話はこれで終わりだ」そう言うと、脱いだものを砂の上に置いたまま、サムの前に来てかがみこんだ。

「なにをするつもり？」サムはひるんだ。

「君の靴を脱がせてあげるのさ。一緒に海岸を歩こう」

サムは倒れそうになり、あわててパーシアスのがっしりとした肩につかまった。彼の手が足に触れたとたん、サムの体を快感の波が走った。

「でも、パーシアス、あなたはすぐまた戻るんじゃ……」

「君は考えすぎるんだよ、キリア・コストポーロス」またしてもパーシアスはさえぎった。

「なんなら、ストッキングを脱ぐのも手伝おうか？」

サムは真っ赤になった。「けっこうよ！　自分でやるわ！」

パーシアスはこらえきれずにくすくす笑いながら、ジャケットを靴の横に投げると、穏やかな波が打ち寄せる海に向かって歩きだした。

サムは内心どぎまぎしながら、ストッキングを脱いでまるめ、靴の中に突っこんだ。それから、波打ち際に立っているパーシアスの方へ近づいていった。闇《やみ》の中に立つ彼の姿は、あたかもその名をもらった英雄ペルセウスのようだった。

「さあ」パーシアスは振り向いて、サムの方に手を差し出した。

その短い一言に、サムは胸をつかれ、パーシアスの手を握らずにはいられなかった。いかに彼が強靱《きょうじん》な心の持ち主でも、ソフィアとの再会で、はかり知れないショックを受けたに違いない。

私はそのことをわかっている唯一の人間だ。だから、パーシアスは私にそばにいてもらいたいのだ。彼が私に求めているのは、ある種の友情――今夜以後、なんの効力もなくなる契約に基づいた奇妙な友情なのかもしれない。

二人は浅瀬を歩いていった。ヴィラの明かりが見えなくなる地点まで来たとき、サムはとうとう我慢できなくなって、出し抜けに言った。「ソフィアってとてもきれいな人ね」

パーシアスは息を吸いこんだ。だが、足をとめようとはしなかった。

「ああ、確かにソフィアには多くの男たちの心をそそる魅力がある」

サムの心臓は今にも飛び出しそうなほど高鳴っていた。「彼女と再び顔を合わせるのはさぞかし勇気がいったでしょうね？」

「ああ。彼女はもう十八じゃない。年月は取り消せない変化をもたらす。人は決してあと戻りできないんだ」苦悩に満ちた声だった。

サムは胸が締めつけられるような気がした。「でも、あなたたちはまだ十分若いわ。輝かしい未来があるわ。すぐにも結婚して家庭を持てるわよ」

「それは不可能だ」

「そんなことはないわ！」サムは思わず叫んだ。「明日、あなたが自由になるために、必要な書類にはなんでもサインするから」

「問題はそんなことじゃないんだ、サマンサ。この数日のうちに彼女の父親が亡くなったら、彼女は当分喪に服さなくてはならない、この島の習慣でね」

「確かに、あなたは二十年間も待ったんだから、さらに数週間待つなんて、耐えがたいことでしょうけど、でも……」

「さらに五十数週間だ」

「どういうこと？」

パーシアスは立ちどまった。「体面を保つために、ソフィアは少なくとも一年は待つだろう」

サムの体は怒りで震えた。「いくら習慣だって、やっと再会できた二人がそんなに待たなければならないなんて、残酷だわ！」

「それでも、それがギリシアのやり方なんだ。僕も彼女も伝統には忠実に従うタイプだから。それに、今すぐ君と別れたら、ゴシップのたねにされるのは目に見えている。だから、君にはこのまま僕の貞節な妻でありつづけてもらう。いいね？」

サムは無言でいた。

一年間も彼と愛し合っている夫婦のふりをして暮らすなんて……そんなことは不可能だわ！

「僕と暮らすことがそんなにいやかい?」

「いいえ!」サムは激しく首を振った。「私はただあなたの気持ちを考えていただけよ。ソフィアが車でほんの数分のところにいるのに、彼女と愛し合うこともできないで、同じ島で暮らすのはどんなにつらいかと思って……」声が震えた。「彼女は私たちのことを知ってるの?」

パーシアスの黒い目が射るようにサムを見つめた。「彼女は僕の気持ちをわかっている。正確にね」

「あなたは……彼女が私を憎んでいないと思っているの?」

「人の心の中なんて、だれにもわからないさ。僕は彼女に真実を話した。それだけで十分だ。その真実にどう対処するかは彼女の問題であって、君が心配することではない」

「もし私がソフィアなら、ほかの女性と暮らしているあなたを見るのは耐えられないと思うわ。相手の女性の目をえぐり出してやりたいと思うほど憎むはずよ!」

思いがけず、パーシアスの顔に微笑がゆっくりと広がった。「君にそういう激しい情熱を持ってもらえる男は幸運だろうね」それから、ふと思いついたように顎の傷跡を撫《な》でた。「それはそうと、来週アテネに行くつもりだ。この傷跡を消す手術を受けようかと思ってね」

サムはショックを覚えた。きっとソフィアが彼に手術をするように頼んだのだ。

自分にはかかわりのないことなのに、なぜかひどく傷つき、サムは来た道を戻りだした。ワンピースの裾《すそ》が濡《ぬ》れるのもかまわず、荒々しい足取りで。パーシアスもうしろからついてきた。

「一人残されるのを心配しているのなら、一緒にアテネに来て、僕が手術を受ける間アパートメントにいてもいいんだよ」

サムの怒りに火がついた。「あなたは気づいていないようだけど、私はもう大人なのよ、パーシアス。ずっと一人で暮らしてきたんだから」

「それはよくわかっているさ。つまり、君は、看護師役までは契約に含まれていないって言いたいわけだ」

「あなたはわざと私のことを誤解しようとしているわ」

「それなら、なぜ僕が傷跡を消す決心をしたことが君をそんなに怒らせるのか、説明してほしいね」

「怒ってなんかいないわ！」パーシアスを引き離そうと、サムは足を速めた。

「だったら逃げるのをやめたらどうなんだい？」

自分の行動が愚かしく感じられ、サムは歩調をゆるめた。

「こっちを見てくれ、サマンサ」

サムは振り向きたくなかった。今振り向いたら、自分の瞳の中に、絵の中の母の瞳にあったのと同じ深い愛が輝いているのを、彼に悟られてしまうだろう……。

「僕のために心配してくれているのなら、大丈夫だよ。現代の形成外科は最小限の痛みで奇跡的な成果をもたらしてくれる」

「わかってるわ」サムは甲高い声で言った。

「それじゃ、なにがそんなに気になるんだい？　答えを聞くまで一晩中ここにいたっていいんだよ」

サムは砂からのぞいている小さな貝を拾った。「手術する、しないは、あなたの問題だわ、パーシアス。ソフィアがあなたの傷跡を見たくないと思うのは当然ですものね。自分のしたことをいやでも思い出させるから」そこで少しためらってから続けた。「私はただ……傷跡のないあなたなんて想像できないのよ。世界的に有名な彫刻はあまりにも完璧《かんぺき》すぎて傷一つないがゆえに、真のすばらしさに欠けるっていうのが私の持論なの。傷があってこそ、芸術作品はかけがえのない個性を持つのだと思うわ」

「ずいぶん大胆な意見だね。君が契約に忠実であろうと努力しているのはわかるけど、そこまで気をつかってくれなくていいんだよ」

「契約とは関係ないのよ、パーシアス。女性ならだれだって、あなたに魅力を感じると思うわ」

二人の間に張りつめた空気が流れた。

「それじゃ、証明してくれないか。契約のことは抜きにして、君はこの醜い傷にたじろいだりしないって」

パーシアスの言葉は、拒否されることを恐れていながら、そのことを認めるくらいなら死んだほうがましだと考えている誇り高い少年を思い起こさせた。

サムは思わず両手を伸ばして彼の頬を包み、爪先立って、その傷跡にキスした。一度だけでなく、繰り返し何度も。

パーシアスの口からギリシア語がほとばしり出た。彼はサムを抱き締め、荒々しく唇を求めてきた。サムは無我夢中で、そのキスに応《こた》えた。二人の呼吸が一つに溶け合い、動きが調和した。

と、ふいに、パーシアスがサムを押しのけた。まるで、自分が間違った相手にキスしていることに突然気づいたように。

パーシアスは先に立って、靴を残してきた場所に戻っていった。サムは少し間隔をおいて、あとからついていった。新たな苦痛に胸が痛みはじめていた。

それから数日間、サムはパーシアスの挑発にのって衝動的な行動をとったことを後悔しながら過ごした。契約に基づく関係にすぎないとはいえ、彼が官能を目覚めさせた事実は否定できなかった。

仕事に打ちこむことが、サムの唯一の救いだった。庭にはすでにスプリンクラーが設置され、あと一日か二日で植物を植えられるまでになっていた。

「キリア・コストポーロス？　お電話です！」アリアドネの呼ぶ声が戸口の方から聞こえた。

土を運んできた作業員たちを指図している最中だったので、サムは中断されたくなかった。たぶんパーシアスにかかってきた仕事の電話だろう。ソフィアの父が亡くなり、このところその葬儀や埋葬の手伝いで彼は仕事から離れていることが多かったので、何度か連絡の電話がかかってきていた。

パーシアスはその後も人目のある場所ではサムを最愛の妻として扱い、彼女にもあつあつの新婚カップルとしてふるまうことを要求していた。パーシアスに恋い焦がれているサムは、たいていの場合、彼が人前で示すおおっぴらな愛情表現を喜んで受け入れたが、耐えがたいと思うときもあった。かわいそうなソフィアが凍りついたような顔で見ているところでも、パーシアスのキスや愛撫《あいぶ》に応えなくてはならなかったからだ。

「用件をきいてもらえる？」サムは叫び返した。

「旦那《だんな》様からなんです！」

パーシアスから？

彼は今朝早くヘリコプターでアテネへ飛んだ。たまっている仕事を片づけるためだと言って。しかし、サムは、手術のための診察を受けに行ったのではないかと疑っていた。

手術を受けることに決め、それでしばらくアテネに滞在すると、電話で伝えるつもりかもしれない。

サムは急いで家の方へ歩いていった。

あの海岸での夜以来、傷跡やソフィアのことは一度も話題にのぼらなかった。二人は、あの夜の出来事などなかったかのようにふるまっていた。

このところ、パーシアスはサムと一緒にプールのそばで、庭に植える木のことなどを話し合いながら朝食をとるようになっていた。二度ばかり、マリアにランチを作らせ、サムをドライブにも連れていってくれた。そして、夜は必ず、ベッドに入る前にひと泳ぎしようと誘った。パーシアスと一緒に波とたわむれるのは、サムにとって喜びでもあり、苦しみでもあった。

サムの人生でこれほど幸せだったことはなかった。毎日が夢のようにすばらしかった。

このまま一年間もパーシアスと暮らしたら、別れたあと、一人でどうやって生きていけばいいのだろう？　ソフィアの喪が明けるまで、と彼は主張するだろうが、サムはもう限界だと感じていた。夕食後二人で泳いでいるとき、ほんのわずかに触れ合っただけで、この体がどんなに熱くなるか、パーシアスは想像もつかないだろう。砂の上を歩かないでもいいように、彼がビーチタオルでくるんで家の中まで運んでくれるとき、サムは正真正銘の苦痛を覚えるようになっていた。

「パーシアス?」サムは受話器に向かって呼びかけてから、一息ついた。

「息切れしているようだね」

「土を運んできてくれた作業員の人たちに指示していたの」

「急いで仕事を終わらせてくれ。ヘリコプターを迎えにやるから」

「入院するってこと?」

短い間があった。「いや、違うよ、サマンサ。君のおかげで、手術はしないことに決めたから」

「私のおかげ?」サムは驚いて叫んだ。自分が彼の考えを変えられたことに有頂天になっていた。「でも、私はただ……」

「前にも言ったように」パーシアスはやさしくさえぎった。「君はよけいなことを考えすぎる。そんなことより、もうそろそろアテネで一晩過ごしてもいいころだと思ってね。そうでないと、アテネの夜を楽しむ前に、君は疲れ果ててしまう。少しドレッシーなものを着てくるといい。それじゃ、八時に到着するのを待っているから」

サムは唇を噛んだ。血がにじむくらい強く。これ以上こんな贅沢《ぜいたく》な生活を続けていたら、元の生活に戻れなくなってしまう。

「パーシアス……すごくうれしいけど……でも、今日は日に当たりすぎたみたい。昼食のあと、ずっと頭痛がするの。薬をのんだんだけど、まだ痛みが完全におさまらなくて」サムは嘘《うそ》をついた。「ほかの日じゃいけないかしら?」

沈黙が漂った。それから、パーシアスの心配そうな声が聞こえた。「もちろん、かまわないさ。無理しないように、あれほど言ったのに。すぐに帰るから、やすんでいるといい」

「いいえ!」サムは思わず受話器を握り締めた。今夜は彼にそばにいられたくなかった。「そんな必要はないわ。あなたはアテネの夜を楽しんで。長い間会っていないお友達を訪ねたらいいわ」

あなたに会いたがっている女性がおおぜいいるはずよ。彼女たちは、しばらくでもあなたと一緒に過ごせたら歓喜するでしょう。

「君は僕を侮辱しているんだよ、サマンサ。そうやって、僕にベッドをともにする相手がいるはずだとほのめかしているんだからね」それは、サムが初めて耳にするほど冷淡な声だった。「どこの国でも男は浮気するものだと思われているようだが、ギリシアでは妻を裏切る男は少ない。それじゃ、一時間以内に戻るよ」そこで電話は切れた。

# 8

パーシアスの冷淡な声に、サムは震えあがった。彼は心底怒っていた。

もう時間がなかった。サムは家から走り出て、作業員に今日はこれで終わりにすると告げた。それから、シャワーを浴びるために急いで家に戻り、心配するアリアドネに、気分がよくないので夕食を食べずにやすむからと伝えた。本当に頭痛がしだしていた。

鎮痛剤を二錠のもう。うまくすれば、薬のおかげで、彼が戻ってくるまでに眠ってしまえるかもしれない。

パーシアスがなぜそんなに怒るのか、サムは理解できなかった。たとえ法律上は結婚していようと、実際は赤の他人なのに！

彼はどんな女性とでも一緒に過ごす権利がある。この島では行動を慎まなくてはならないだろうが、アテネでなら、女友達と過ごしたって問題はないはずだ。ソフィアと結婚するまでは。

しかし、明らかにパーシアスは、教会で式をあげたからには夫として申し分なくふるまうつもりらしい。妻が病気になれば、予定をすべてキャンセルしてまで、看病を優先する気でいる。

パーシアスが戻ったとき、寝息をたてていれば、彼も妻の面倒をあれこれみる必要はなくなり、できた時間を仕事に使えるだろう。

サムは鎧戸《よろいど》を閉めると、清潔なシーツの上に腹這《はらば》いになって、枕《まくら》に顔をつけた。ところが、いつもなら、薬をのめばすぐに眠りに落ちるのに、なかなか寝つかれなかった。今夜は感覚が異常に敏感になっているようだ。やがて、車がとまる音がしたとき、吐き気を催すほど胸が高鳴りだした。

ヤンニとなにか話しているパーシアスの声が聞こえた。造園の進行具合についてでも話しているのだろう。

話し声がとぎれたと思ったら、数分後、足音がし、二人の寝室の境のドアが開いた。これまでノックをしないで部屋に入ってきたことは一度もなかったのに。きっと私が眠っていると思って、目を覚まさないようにノックをしないでドアを開け、ようすを確かめようとしているのだ。たぶん、すぐに出ていくだろう。

だが、驚いたことに、パーシアスは部屋に入るとドアを閉め、暗がりの中をベッドに近づいてきた。彼は半ば枕に押しつけられているサムの顔に手を当てた。それから、ギリシア語でなにかつぶやいたかと思うと、ふいに明かりをつけた。サムははっとして、頭を上げた。目の前に怒りに燃える黒い目があった。

「頭痛がするのも無理はないさ！」パーシアスはどなるように言った。「強い日差しの中で仕事をするときは帽子をかぶるようにと言ったはずだ。君みたいな弱い肌を日にさらすのがどんなに危険か、わからないのかい？　たった一日一人にしたら、このざまだ」

パーシアスが心配のあまり怒っているのは明らかだった。頭痛がすると嘘《うそ》をついたことを後悔しながら、サムはベッドに起きあがった。パーシアスをこれほど動転させるとわかっていたら、アテネで過ごそうという彼の誘いを断ったりはしなかっただろう。

「ちょっと焼いただけよ、パーシアス」サムは彼をなだめようとした。「いつも夏はこのくらいから始めて、徐々に褐色に焼いていくの」

「褐色なんて言語道断だ。女性にとって、白い肌は最もすばらしい財産なんだよ。君は、女ならだれもがうらやむようななめらかな白い肌をしている。それをわざわざ焼くなんて」

サムは目をぱちくりさせた。彼がそんなことに気づいているとは思いもしなかったからだ。

「以前はどうあれ、僕と結婚している間は体を大事にしてもらう。なんなら、もう庭造りはやめてもいいんだ」

これまで母親以外に心配してくれる人がいなかったので、こんなふうに甘やかされるのは妙に心地よく、贅沢《ぜいたく》な気分だった。サムは自分のことでパーシアスにもう心配をかけたくなかった。
「無防備に長い時間日に当たっていたのは、確かにむちゃだったわね。これからは帽子を
かぶるって約束するわ、パーシアス」
本気かどうかを確かめるように、パーシアスは数秒間じっとサムの顔を見つめた。それ
から、声をやわらげて言った。「アリアドネに聞いたんだが、なにも食べずにベッドに入
ったそうだね。せめてなにか飲んだほうがいい。脱水状態にならないように」
サムはうなずいた。「そうね」
「かき氷入りのフルーツジュースはどうだい？」
「いただきたいわ。頭痛もおさまるかもしれない」
「それじゃ、すぐに持ってきてあげよう」
パーシアスの機嫌が直ったことに、サムはほっとした。
彼はすぐに、氷入りのピーチジュースを持って戻ってきた。たぶん自分で作ったのだろ
う。
「ありがとう」手が触れ合わないように注意しながら、サムはジュースを受け取った。
「全部飲んで。できるだけ水分をとったほうがいい」パーシアスはそう言うと、サムが飲
みおえるのを待たずに部屋を出ていった。

サムはクッションに寄りかかり、ジュースを飲んだ。今夜は彼と泳げないのが残念な気がした。

ジュースを飲みおえると、サムはベッドから下り、明かりを消そうとドアの方へ歩いていった。

明かりを消したとたん、ドアが開いた。

「パーシアス……」ふいに戸口に現れた彼を見て、サムは息をのんだ。

「明かりを消してあげようと思ったんだ。頭痛はどう？」

サムは答えられなかった。焦茶のガウンをはおった男盛りのパーシアスの姿に圧倒されたからだ。張りつめた沈黙が漂った。緊張感に耐えられなくなったサムは、暗がりの中をゆっくりとあとずさっていき、ベッドに戻った。

「どうやら思っていたよりひどいようだな」パーシアスはまじめな口調で言い、近づいてきた。「横向きになって。ちょっと首筋をマッサージしてあげよう。頭痛がするときにやってもらうことがあるんだが、効果があるよ」

「大丈夫よ、パーシアス。ほんとに、もう……」

「いいから、言うとおりにして」

強引な口調に、サムは黙った。もっと強硬に断るべきだったのかもしれないが、すでにパーシアスはベッドの端に腰かけていた。

首にかかった長い金髪が払いのけられ、彼の魔法のような指が肌に触れたとき、サムは感電したようなショックを覚えた。その感覚はいっそう激しくなり、彼女をしだいにエクスタシーへと導いていった。

パーシアスの指は正確につぼを知っていた。しばらく首筋から頭にかけてマッサージしてから、彼の手は肩に移った。

「ああ、そこ、とってもいい気持ち」サムはこらえきれずに小さなうめき声をもらした。

「そうだろう」

「あなたが作ってくれたジュースとマッサージで、頭痛はすっかり治ったみたい。こんなによくしてもらって、とてもお返しできないわ」

手の動きがとまった。「お返しなんて求めていないさ、サマンサ」パーシアスはかすれた声で言った。「お返しと言うと、なにか借りを返すような義務的な感じがする。僕は、相手が義務感からでなく自発的に僕の希望をかなえてくれるのでなければいやなんだ」

パーシアスはソフィアのことを考えているのだろう、とサムは思った。でも、喪が明けさえすれば、ソフィアは自由に彼を愛せるのだ。

「もう……すっかり気分がよくなったわ。今度は私にマッサージさせて。久しぶりに仕事に戻って、筋肉が凝ってるんじゃなくて？」

「勘がいいんだね」

サムは、当然パーシアスが断るものと思っていた。自分が眠れるように、ベッドを下りて自室に引き取るだろうと。ところが、予想に反して、パーシアスはサムのかたわらに寝そべった。まるで大きな山猫のように。

もしかしたら、口に出さないだけで、彼のほうこそ頭痛がしているのかもしれない。サムは寝返りを打ってパーシアスの背中の方を向いた。「アテネのオフィスも、ニューヨークのオフィスと同じようにしみ一つないの？　やっぱりミセス・アサスのような優秀な秘書がいるのかしら？」サムは彼がしてくれたように首筋をもみほぐしながら尋ねた。

「ああ、しみ一つないし、優秀な秘書もいる」パーシアスは気持ちよさそうな、低いしわがれた声でつぶやいた。彼の筋肉はかなりこわばっていた。

「パーシアス、腹這いになって。背中をマッサージしてあげるわ。私、病気の母を毎晩マッサージしていたのよ」

「君の頭痛はどう？」

「言ったでしょう、もうおさまったって。これはお返しじゃなくて、私がそうしてあげたいからしてるの。いわば、あなたへのプレゼントよ」

「なら、素直に受け取るよ」

パーシアスの低い笑い声がサムの胸を温かくした。彼はうつ伏せになり、のびのびと体を伸ばした。

「君の言うとおりだ」数分後、パーシアスの口からつぶやきがもれた。「すごく気持ちがいいよ。もっと続けて」

「ええ、喜んで」パーシアスが許してくれるなら、サムは一晩中でも彼のすばらしい体に触っていたかった。

二十分もすると、パーシアスは寝息をたてはじめた。かわいそうに、心身ともに疲れ果てているのね。サムがそう思いながら、そっとベッドから下りようとしたとき、力強い手が彼女の腕をつかんだ。

「僕のそばにいてくれ」パーシアスがささやいた。「今夜は一人でいたくないんだ、キリア」気がつくと、彼の上半身がおおいかぶさっていた。「僕の傷を気にしていないことを、もう一度証明してほしい」パーシアスはかすれた声で懇願した。

二度と同じ過ちは繰り返すまいと決心していたとはいえ、こんなふうに哀願されると、拒むすべはなかった。サムはあきらめて、唇を重ねた。それでパーシアスの心が慰められるのなら、数分間ソフィアの身代わりを務めてもかまわない気がした。だが、彼の飢えは、サムの予想をはるかに超えていた。

「パーシアス……」口づけがしだいに熱をおびてくるのを感じて、サムは困惑し、弱々しくあらがった。

サムの声に、パーシアスは愛し合っている相手がソフィアでないことを思い出したのだろう。唇を離し、ベッドから飛びおりた。苦しげに息を切らしている。「心配しなくていい、二度とこんなことを求めたりしないから」次の瞬間、パーシアスの姿は消えていた。

傷ついた獣のように、サムは仰向けに横たわったまま、じっとしていた。シーツや枕カバーに、彼が使っている石鹸《せっけん》の香りがかすかに残っていた。パーシアスの腕に抱かれることが許されないのなら、せめて朝まで残り香をかぎながら、彼のことを夢想しよう。

翌朝、サムが目覚めたとき、ベッドわきのテーブルの目覚まし時計の針は十時十五分を指していた。部屋は日の光に満ちていた。そのとたん、昨夜の出来事がまざまざとよみがえってきた。

パーシアスはまだベッドで眠っているのだろうか？　サムは上掛けをはねのけ、ベッドから飛びおりると、ドアに近づいて、そっと彼の寝室をのぞいた。そこにパーシアスの姿はなく、ベッドは乱れたままだった。彼は私の目を覚まさないようにこっそり起き出したのだ。

庭で作業でもしているのだろうか？

サムは急いでショートパンツとTシャツに着替え、サンダルを突っかけると、外へ出ていった。パーシアスをさがして屋敷《ヴィラ》の周囲を小走りでひとまわりしたが、庭で花壇を造っている庭師たちの中に彼の姿はなかった。

家の中に引き返したとき、ちょうど廊下に出てきたアリアドネとぶつかりそうになった。

「パーシアスを見なかった?」サムは息を切らしながら尋ねた。

「旦那《だんな》様は今朝早くお起きになって、アテネへ行かれました。奥様がお目覚めになったら、電話を欲しいとおっしゃっていましたが」

サムはこれまでアテネにいる彼に一度も電話をかけたことがなかった。その必要がなかったからだ。

「番号、わかるかしら?」

「ええ、キリア・コストポーロス。書斎へどうぞ」

サムはアリアドネのあとから書斎へ入っていった。男っぽい部屋だった。大きなマホガニーのデスク。書籍がぎっしり詰まった本棚。電子機器やコピー機。パソコンにプリンター。オフィスに行けないとき、彼はここで仕事をしているのだ。

「奥様のために番号を書きとめておきました」

「ありがとう、アリアドネ」

アリアドネが出ていくと、サムは受話器を取り、番号を押した。秘書が電話に出たかと思うと、猛烈な勢いでギリシア語をまくしたてた。

サムが英語を話せるかどうか尋ねると、秘書はすぐさま完璧《かんぺき》な英語に切り替えた。

「キリア・コストポーロス？　ご主人様から、お電話があるはずだとうかがっていました。どうぞ、そのままお待ちください。おつなぎしますから」

「ありがとう」

人からパーシアスのことを〝ご主人〟と呼ばれるのに決して慣れることはないだろう、とサムは思った。なぜなら、彼は夫ではないから。そして、永久に夫になることはないだろうから。

「サマンサ？　起きたんだね」十分寝足りたかのようないきいきとした声だった。きっと昨夜は熟睡したのだろう。彼も自分と同じように、昨夜起こったつかのまの情熱的な出来事に心をかき乱され、よく眠れなかったのだったらいいのにというサムの期待は、見事に打ち砕かれた。

「どうして起こしてくれなかったの？」サムはさりげない口調で尋ねた。

「今朝、庭師が、君は働きすぎだと忠告してくれたからさ。少し休養したほうがいいとね。僕も同じ意見だ。昨日頭痛がしたのも、働きすぎが原因かもしれないよ。気分はどう？　頭痛は治ったかい？」

「ええ。もう大丈夫よ」

「それを聞いて安心したよ。今夜もう一度誘おうと思っていたんだ。アテネでの食事とダンスにね。七時にヘリコプターを迎えにやる。ヤンニにリヴァディまで君を送るようにもう言ってあるから」

パーシアスとともに過ごせば過ごすほど、彼に対する思いがますます強くなっていくのはわかっていたが、誘いを二度も断るわけにはいかなかった。

「わかったわ。じゃあ、支度をしておくわね」

「明日の晩まで戻らないから、旅行鞄《かばん》に荷物を詰めたらいい」

興奮が体を貫いた。「どこに泊まるの？」

「それは秘密だ。今夜までね」電話を切る前に、パーシアスはサムには理解できないギリシア語でなにかささやいた。

期待なんて抱いてはいけない。パーシアスのことを、最愛の兄のように思うようにしよう。さもないと、この先十一カ月間を彼と一緒に過ごすことなどできないだろう。しかし、それがどんなにむずかしいことか、サムにはわかっていた。

壁の時計を見ると、まだ午前十時半だった。今日は庭の作業はやめよう。パーシアスを不愉快にさせたくない。

今日は代わりに、自分専用にガレージにとめてあるセダンを運転して、ホラへ行こう。パーシアスがいつか話してくれたヴェニス風の城がある、お伽噺《ときばなし》に出てくるような町へ。

それからガラニまで行く前に、食堂《タヴエルナ》でランチをとってもいい。たしか、村の近くに要塞《ようさい》のような修道院があった。そこも見てみたい。帰りに買い物をしたり、地元の陶器の店をのぞいたりしてもいい。

パーシアスの妻である限り、常にカメラマンのターゲットになる可能性があったので、サムは観光客に見えるように、白いコットンのスラックスにグリーンのコットンのTシャツというでたちにした。髪はうしろに一つにまとめ、サングラスをかける。パーシアスとの約束どおり、彼が庭仕事用に買ってきてくれた麦わら帽子を持っていくことにした。お気に入りのウォーキングシューズをはくと、アリアドネに、出かけてくると告げた。そして、パーシアスが電話をかけてこないとも限らないので、だいたいの行き先の予定を話しておいた。

アリアドネがさがし出してくれた地図を見ながら、サムは城のある町へと車を走らせた。この島特有の魅力的な立方形の家が散らばる風景は、たっぷりと目を楽しませてくれた。城の近くの古風で趣のあるカフェでおいしいランチをとってから、サムはガラニへと車を走らせ、立ち寄った修道院の美術品のすばらしさに驚嘆した。

だが、すべてがどんなにすばらしくても、感想を言い合うパーシアスがいないと、しだいにつまらなくなってきた。リヴァディに着くころには、心はすでに今夜パーシアスと過ごすアテネの夜を待ち焦がれていた。

二、三、化粧品を買ってから、早めに帰って出かける支度をしようと車に戻りかけたとき、サムは五十代後半と思われるダークブロンドの中背の男があとをつけてきているのに気づいた。

ほかの村ではそれほどでもなかったが、リヴァディではだれもが彼女のことを知っていて、すぐに写真を撮ろうとする。

サムは男をまこうと走りだした。車をとめてある角を曲がったとき、帽子を落とした。拾おうと足をとめた瞬間、男の呼びかける声がした。

「サマンサ・テルフォードじゃないかな?」

サムがはっとして振り返ったのは、男が明らかにアメリカ人だと思われたことと、結婚前の姓で呼んだからだった。相手もサングラスをかけていた。

「どこかでお会いしたことがありました?」サムはぶっきらぼうに尋ねた。

「いや」

「それじゃ、お話しすることはなにもありません」

サムはさっさと車に近づき、ドアを開けた。男はすぐうしろに来ていた。

「だが、私にはあるんだ。実際、話すことがたくさんあって、なにから話したらいいのかわからない。私は君の父親のジュールズ・グレゴリーだ」

サムは凍りついたように動けなくなった。

シチリアにいるはずの彼がなぜこんなところに? 一生会うまいと決心していた父親と、こんなところでばったり出会うなんて! そんなことがありうるだろうか?

しかし、サムがセリフォスに来ていることを雑誌かなにかで知って、突然娘に会いに来たと思うのも、辻褄《つじつま》が合わなかった。ジュールズ・グレゴリーはこれまで娘をさがしてみようともしなかったのだ。

だれかが――ジュールズ・グレゴリーとサムが父娘《おやこ》であることを知っているだれかが、二人を会わせようとしたとしか考えられなかった。

でも、いったいだれが？

二人の関係を知っているのは、パーシアスしかいない。サムの心臓は破裂せんばかりに打ちだした。

もしパーシアスが仕組んだことだとしたら、彼の動機はわかるような気がした。この二十年間、ソフィアをさがしつづけていたパーシアスは、私もまた父親をさがしているものと思ったのだろう。

けれど、パーシアスは私の気持ちを確かめもせずにひそかにこの出会いを計画したことで、許しがたい過ちを犯したのだ。私がまだかすかに父に対して抱いていた幻想を粉々に打ち砕いてしまったのだから。

ジュールズ・グレゴリーを、無理やりセリフォスに呼び寄せられるのは――それも、二十四年間音信不通でいた娘に父親だと名乗らせるために呼び寄せられるのは、パーシアスほどの名声と財力を持つ人物だけだろう。

パーシアスはこの島の路上で父と娘が偶然でくわしたように見せかけるのに、ジュールズ・グレゴリーに交換条件としてなにを約束したのだろう？　ヨーロッパやアメリカの主要都市に彼の美術館を造るとでも言ったのだろうか？

絶望があまりにも深かったので、涙も出なかった。サムは、こんなみじめな状況に自分を突き落とした張本人を振り返った。

「すみません。知らない人とは決して口をきいてはいけないと、母にしつけられたものですから」そう言い捨てると、サムはすばやく車に乗りこんだ。ジュールズ・グレゴリーはこわばった顔で突っ立ったまま、サムが車を発進させるのを呆然《ぼうぜん》と見つめていた。

ヴィラまでの道中、通り過ぎる風景はほとんど目に入らなかった。奇妙なことに、外界は静けさに満ちていた。サムは苦悩に身をさいなまれていた。これ以上パーシアスと同じ家で暮らすことなんてできない。愛することも許されない相手と、あと十一カ月、どうやって過ごすというのだろう？

パーシアスは二人の契約を破ったのだ。それなら、自分もそうしよう。もう契約の主要な部分は果たしたのだから、うしろめたく思う必要はないはずだ。明日にもギリシアを去ろう。

だが、それにはパスポートが必要だった。たぶんパーシアスは私のパスポートをアテネのオフィスの金庫に保管しているだろう。

今夜アテネに行ったら、パスポートを返してくれるよう、要求しよう。パーシアスが拒んだら、そのときはソフィアにすべてを話すと脅そう。それでも彼が拒否した場合に備えて、ヤンニに今夜十時までにソフィアに届けるよう、手紙をことづけていけばいい。

私が仮の妻としてパーシアスに雇われていることを知ったら、ソフィアはきっとパスポートを取り戻すのに力を貸してくれるに違いない。

サムはパーシアスと一カ月ほど一緒に暮らして、彼について一つだけ学んだことがあった。それは、彼が決して代替案なしには行動しないということだ。

私も見習わせてもらうわ。サムは心の中でつぶやいた。

# 9

十分後、サムは屋敷《ヴィラ》に着いた。庭師や作業員たちの姿はもうなかった。花壇には土が盛られ、植物を植えるだけになっている。

あとはソフィアの仕事だわ。

胸に痛みを感じながら、サムは急いで家の中へ入っていった。

「キリア・コストポーロス……」

サムはアリアドネを見た。彼女がなにを言おうとしているか、聞く前からわかっていた。

「お父様が訪ねてこられました。奥様にお会いしたいとおっしゃって。それで、奥様のだいたいの行き先をお教えしたんですけど、会えなかったときは、この番号にお電話してほしいとおっしゃっていました」

やっぱり、アリアドネもパーシアスの計画に加担しているのだ。サムは家政婦からメモ用紙を受け取った。

「お父様はリヴァディの〈デルフィ〉にご滞在なさっているそうですわ」

「そう、わかったわ」サムは苦々しさを噛《か》み締めながら言った。「主人から電話はなかったかしら?」

「ええ、ありませんでした」

パーシアスが一度も電話をかけてこないとは、まったく彼らしくなかった。きっと、罠《わな》を仕掛けたあと、なりゆきを静観しているのだろう。

「ヤンニがいつでもお出かけになれるようにお待ちしています」

「わかったわ。すぐに支度にかかりましょう。それから、アリアドネ、もし電話が鳴ったら、私が出るから」パーシアスと家政婦を直接話させないほうが、ゲームを有利に運べるだろう。「あなたとマリアは今夜お休みを取ったらいいわ。私と主人は明日の夜まで戻らないから」

アリアドネの褐色の顔に微笑が広がった。「ありがとうございます、キリア《エフハリスト》」彼女は軽く膝を曲げてお辞儀をしてから、姿を消した。

まず書斎へ行って、ソフィア宛《あて》の手紙を書かなくてはならない。それから、シャワーを浴びて、髪を洗い、最高にドレスアップしよう。パーシアスに、どこかおかしいと警戒心を抱かせてはならない。パスポートのことを持ち出すまでは。

アメリカまでの航空券を購入したり当座必要になる現金は、財布に入っている。アテネへは、化粧品や着替えや寝巻きを詰めた旅行鞄《かばん》を一つだけ持っていこう。ほかのものはすべて残していかなければならない。ヴィラにあるものはなに一つ私のものではないのだから。

サムが所有していたわずかなものは、彼女の人生が始まり、いつか終わるであろう場所、ニューヨークの倉庫に保管されていた。

待機していた車に乗りこむと、サムは運転手に言った。「ヤンニ、お願いがあるの。主人がソフィア宛の手紙をデスクの上に忘れていったようなのよ。たぶん、彼女に手渡すつもりだったんじゃないかしら。アテネに着いて、主人に確かめてみるけれど、もし今夜十時までに私か主人のどちらからも電話がなかったら、これをソフィアに届けてもらえるかしら？」

「はい《ネ》」ヤンニは手紙を受け取り、シャツのポケットに入れた。

ここまではよし、とサムは心の中でつぶやいた。

次の問題は、アテネまでのヘリコプターだった。サムは、胃が体から抜け出し、宙に漂っているような気分がどうしても好きになれなかった。

それでも、アテネまではすぐだった。パイロットがにやっとしながら着陸体勢に入ったとき、サムは迫ってくる地上を見まいと、固く目を閉じ、パーシアスのオフィスビルの屋上に無事着陸しても、まだそのままでいた。

「ダーリン……」パーシアスの呼びかける声に、サムはようやく目を開けた。「待っていたよ」

どうしたらこんなハスキーで官能的な声が出せるのだろう？　彼は生まれながらの名優に違いない。あふれる情熱を抑えがたいように目を輝かせることさえできるのだから。

パイロットは、夫婦が熱烈に愛し合っていて、早く二人きりになりたくてうずうずしているのだと信じて疑わないだろう。

サムでさえ、パーシアスの情熱的な態度に動揺せずにはいられなかった。頭と心は拒否していても、体は彼を渇望していた。

だが、サムはすぐに我に返り、パーシアスの抱擁から逃れた。そして、彼の耳元で言い訳をつぶやいた。「ごめんなさい。ちょっと化粧室に行かなくちゃ。ヘリコプターに乗ったせいで……」

「最後まで言わなくてもわかってるよ」パーシアスは笑いを含んだ声でささやき返した。そして、もう一度サムの唇に強くキスしてから、ヘリコプターのタラップを下りる彼女に手を貸した。二人は非常口から建物に入っていった。「この廊下の左手に化粧室がある」

サムは礼を言い、教えられたドアに向かって急いだ。化粧室で一人になったとたん、ため息が出た。

パーシアスから離れることで、サムはようやく思考力を取り戻すことができた。さっきのように彼の腕の中にいると、自尊心も主体性も失ってしまいかねない。

新婚カップルの芝居は終わりにしなければ。今すぐに。

心を落ち着けようと、数回深呼吸をしてから、サムは口紅を塗り直し、化粧室を出た。

廊下の向こうに、パイロットとなにか話しているパーシアスの姿があった。

サムが近づいていくと、パーシアスは目を細めて、彼女の顔や姿を点検するように見まわした。二人はもはや演技をする必要はなかった。パイロットがビルの屋上へ戻っていったからだ。

「食事に出かける前に僕のオフィスをのぞいてみるかい？」

サムはうなずいた。「ええ。とくにあなたの金庫を見てみたいわ」

パーシアスが吹き出した。意表をつかれたらしい。「そんなに興味があるなら、中身を見せてあげたいところだが。もし金庫があればね」

サムは驚いて目をみはった。「金庫はないってこと？」

「ああ。大事なものはすべて銀行の貸し金庫に保管してある」オフィスに入っていきながら、パーシアスはいぶかしげに言った。

サムはがっかりした。しかし、失望を悟られまいと横を向いた。クラシックなギリシア様式の内装にさも興味があるようなふりをして。今日は土曜日で、しかももう夜だった。

「週末でも貸し金庫を開けられる？」

パーシアスは明らかに好奇心をそそられたようすだった。「もちろんさ。でも、いったいなぜそんなに金庫に興味があるんだい？　なにか貴重なものでも預かってほしいのかい？」

サムは大きく一息ついた。「単刀直入に言うわ、パーシアス。預けたいんじゃなくて、中にあるものを出してほしいの」

パーシアスの黒い眉がつりあがった。「どうやら金庫の中に、僕の知らないものが入っているらしい。今夜の君はひどく謎《なぞ》めいて見えるよ、キリア・コストポーロス」

いっそう決意を固くしながら、サムは言い返した。「あなたはいつもと変わらない、万能の神みたいに端整な顔をしてるわ。我々愚かな人間と同じように間違いを犯したり裏切ったりするなんて、とても信じられないような顔をね」

パーシアスは身じろぎもせず、なにも言わなかった。だが、一瞬、その顔に冷ややかな表情がよぎった。

「当てこすりはやめて、はっきり説明してくれないか？　僕のなにが君をそんなに怒らせたんだい？」ようやくパーシアスは平静そのものの口調で言った。「それとも、なにが君の舌を凶器に変えたのか、僕に推測させたいのかな？」

「私がなんのことを言っているか、わかってるはずよ。パスポートを返してほしいの」

パーシアスの目がさぐるようにサムのこわばった顔を見つめた。

「なるほど、君はパスポートが金庫に保管されていると思ったわけだ」

「そうよ」

二人の間に張りつめた空気が流れた。

「どこかへ旅行するのかい？」

「旅行じゃなくて、ニューヨークへ戻るのよ」

「昔の友達を訪ねるために？」

そのとぼけたような口調に、サムはかっとした。「残りの人生を生きるためによ！」悲鳴に近い声が部屋の中に反響した。

「一年もしないうちに、君は自由にそうできるようになる」

サムはせせら笑った。「そのとおりね。私たちは契約を結んだんだから。でも、あなたは大きな契約違反を犯したのよ。私が契約を破ったって文句は言えないはずだわ」

パーシアスは腰に両手を当てた。「君がききさえしたら、パスポートはセリフォスの屋敷《ヴィラ》にあると教えたのに。僕のデスクの右側の一番上の引き出しにね」

その言葉に、サムはがっくりした。書斎で手紙をしたためたとき、一瞬彼のデスクの引き出しをのぞいてみようかと思ったのだが、やましい気がして思いとどまったのだ。

「率直に言って、驚いているよ。君が引き出しをさがしてパスポートを見つけ出し、僕に知らせずにアメリカに逃げ帰らなかったとはね」

「あなたならそうするでしょうけどね」サムは皮肉たっぷりに言い返した。「あなたに会って、契約から解放してほしいと頼むのが、礼儀だと思ったのよ」

パーシアスは目を閉じ、つぶやくように言った。「もし君の言う僕の契約違反とやらがそれほど重大なことなら、君がアメリカに戻ることも仕方ないと思えるかもしれない。そう、君がそれほど怒っている理由を話してくれればね」

「あなたの欠点の一つはその冷酷さなんじゃないかって気がするわ。でも、あなたぐらい成功するには、ときにはこの程度の裏切り行為をしなくちゃならないのかもしれないわね」

「言葉には気をつけるんだな、キリア」パーシアスの忍耐心はそろそろ限界に近づいているようだった。

「さもないと、どうだって言うの？」サムは怒りに燃える目で、挑戦的に言い返した。「歴史を繰り返すつもり？　私をトルコの修道院に閉じこめるとでも？」

パーシアスの口から激しくののしるようなギリシア語があふれ出た。サムは思わずあとずさりした。

「もしあなたが理由を知りたいと言うなら、ソフィア宛の手紙にすべて書いてあるわ」

パーシアスの表情が険しくなった。「手紙って？」荒々しい声だった。

「ソフィアに手渡してくれるようにヤンニに手紙を託してきたの。もし今夜十時までにパスポートを取り戻せなかったら、手紙は彼女の手に渡るわ」

サムが言いおえるより早く、パーシアスは携帯電話を取り出し、番号を押していた。彼の険悪な目に射すくめられ、サムは息をのんだ。

パーシアスは送話口を手で押さえた。「今、九時十分だ。僕からヤンニに、手紙を開封して中身を読むように言おうか？　ゴシップ屋たちにすべてを暴露され、ソフィアをいっそう悲しませることになるかもしれないが？」彼は鋭い声で言った。「それとも、自分で話すかい？　君に選択権を与えよう。君は与えてくれなかったけどね」

もしあの手紙がマスコミの手に渡ったら、どういうことになるか……。そのことに、サムは初めて気づき、うめき声をもらした。「私の計画は絶対確実だと思っていたのに。あなたが世界的に名を知られている大物実業家だってことを忘れていたわ」

「それじゃ、協力するね」パーシアスは冷静な声で言った。サムの無謀なふるまいにも、その神のような威厳はいささかも傷ついていなかった。

「ヤンニに、私の勘違いだったから、手紙はソフィアに届けないでいいって言うわ」

サムがヤンニと話しおえると、パーシアスはギリシア語でなにかつぶやきながら携帯電話を受け取り、ジャケットのポケットに戻した。それから、腕組みをして、デスクに寄りかかった。「さて、説明してもらおうか、キリア」

キリア……。彼の親密な呼びかけに、二度と心を許してはならない。サムは自分にそう言い聞かせた。

「私と父を会わせようとしたことを、あなたは否定するつもり？」

「いや」パーシアスは迷わずに答えた。

その声の率直な響きに、サムは一瞬ひるんだ。「私が二度と父のことを話したり考えたりしたくないと思っていることを知っていながら？」いつのまにか体が震えだしていた。

「ああ」パーシアスはきっぱりと答えた。「物事の真実は、ときには見かけとは異なっている場合がある。ソフィアのことでわかったようにね」

サムの頬を涙が流れ落ちた。「ソフィアの経験と私の経験を比較するのはやめて。私は母から、生物学上の父親について知るべきことはすべて聞いたわ」

パーシアスの目に困惑の色が浮かんだ。「たとえ親でも事実を正確にとらえているとは限らない。人は物事を自分が考えたいように考えるものだ」

サムは顎を上げた。「私の母は事実を正確にとらえていたわ」

「本当にそう言いきれるかい？　僕も母を盲目的に信じていた。しかし、母は若いころにソフィアの父からプロポーズされたことを僕には秘密にしていた」パーシアスは眉をひそめ、暗い表情になった。「そのせいで、僕は自分に対する継父《ちち》の憤りを理解できず、深い苦しみを味わうことになった。結局、そのことが僕とソフィアの運命を変えたんだ」

サムは反論しようとしたが、できなかった。「でも、残念なことに、事実を聞きたくても、母はもうこの世にいないわ」声が震えた。

「ああ。でも、ほかにも知っている人がいる。お父さんこそ、すべてを明らかにしてくれる唯一の人だ」

「いいえ……」サムは悲痛な声で叫んだ。腹立たしいことに、涙が頬を伝った。「もし父がこれまで一度でも私に会いたいと思ったことがあるのなら、私だって、二十四年もたってまったく見知らぬ人から突然呼びとめられ、相手がジュールズ・グレゴリーだと名乗る前に、どこかでお会いしたことがありましたかなんて尋ねたりはしなかったかもしれないわ！」

サムは耐えがたい苦痛に打ちのめされ、それ以上続けられなかった。力強い腕に抱き締められるのを感じた瞬間、彼女はすすり泣きはじめた。血を分けた父親と生まれて初めて会ったショックの反動が今になって表れたのだ。

「彼はヴィラを訪ねてきたのかい？」

「いいえ。リヴァディで私のあとをつけてきたのよ」サムはようやく言った。「なぜこんなことをしたの、パーシアス？　なぜ父をここに来させたの？　私は父に会いたいなんて思ったことは一度もないわ。私にとって父親はもう死んだも同然だったのよ。父と会うことが私にとってどういうことか、わからなかったの？」サムは怒りをぶつけ、パーシアスの腕から離れた。

パーシアスは彼女を引き戻そうとはせず、深刻な顔をして立っていた。

「もし君が本当にお父さんに会いたくないのなら、彼が二度と君の前に現れないようにしてあげるよ」

サムは涙に濡《ぬ》れた顔を上げ、パーシアスの目を見つめた。「それなら契約を解消して。今夜、私をニューヨークに発《た》たせて」

しばらく間があった。「契約を解消するには、条件が二つある」

「そんな！」サムは激しく首を振った。「二度と父とは顔を合わせたくないの！」

「君のお父さんとはなんの関係もないことだから、安心していい。今夜君を驚かそうと思って計画していたことがあるんだ。その計画を僕と一緒に楽しんでほしい」

「計画？」サムはかすかに眉をひそめた。

「ああ。ヨットに食料を用意させてある。夜のセーリングを楽しもうと思ってね。君はまだほかの島を見ていないから、明日、セリフォスに戻る途中で、どこかの島に立ち寄ってもいいと思っていたんだ」

こういう状況でなかったなら、サムは有頂天になっていただろう。無意識に口からうめき声がもれた。

「セリフォスに戻ったら、君にパスポートを返そう。君はアテネまでヘリコプターで飛んで、そこからアメリカ行きの便に乗ればいい」

「もう一つの条件はなに？」胸が早鐘を打つのを感じながら、サムは尋ねた。

「ニューヨークで僕の妻として一緒に暮らすことだ。その際、これまでの契約の条件は変わらない。その上で、君は友達と会うことも自由だし、したいことをしていい。それに、お父さんとの間に海をはさんで八千キロの距離をおくこともできるわけだ」

その言葉に、サムは顔を上げた。人の問題に干渉するパーシアスのやり方には腹が立ったが、彼の誠意を疑うことはできなかった。

二人の当初の契約がまだ有効であることを考えれば、アメリカで暮らすことが最善の道だろうと思えた。サムは、パーシアスがソフィアと結婚できるまで彼と暮らすことに同意した。この新しい条件を受け入れれば、彼との約束を果たすこともでき、自分の人生を築くこともできる。

少なくとも、ニューヨークにいれば、以前の交遊関係を取り戻すことができる。

パーシアスは神話の登場人物なのだ。今後、彼に匹敵する男性と出会う可能性が皆無ならば、できるだけ早く現実に戻らなくてはならない。

サムは大きく深呼吸をしてから、返事をした。「あなたの条件を受け入れるわ」

「本当だね？　今度は、撤回することは許さないよ」

「わかってるわ」

「それならいい」パーシアスは満足げにつぶやいた。「そうと決まったら、なんだか急におなかがすいてきたな」そう言いながら携帯電話を取り出すと、パイロットに、すぐにも出かけることを告げた。「ピレエフス港まで飛べば、それだけ早く海に出られる。今夜は月と星しか見えない海の上で、二人だけで食事ができると思うと、最高の気分だよ」

サムも、それ以上ロマンチックなことはないような気がした。だが、かつて、お互いに愛を誓うためにデロス島まで船で行った、ギリシアの少年と少女の姿を、そう、パーシアスとソフィアの姿を思い浮かべずにはいられなかった。

しかし、神話の神、ペルセウスとは違って、パーシアスは偽りのアンドロメダを伴ってセリフォスに戻っていくのだ。どんなにかほろ苦い思いだろう。世界的な成功をおさめても、彼はいまだに愛する黒髪のアンドロメダを手に入れられないでいる。そんなパーシアスの気持ちを思い、サムの頬を新たな涙が流れ落ちた。

# 10

いかに強く自分に向かって否定しようと、パーシアスが巧みにヨットを操り、夕日に輝くリヴァディの港に入っていったとき、サムは我が家に帰ってきたという思いを抱かずにはいられなかった。

キスノス、シフノス、ミロス――うっとりするような神話の島々は、すでに思い出になっていた。ニューヨークに抱いて帰る、胸を締めつけられるような切ない思い出に……。

昨日町で着ていたのと同じ装いで、サムはヨットをドックにつなぐ手伝いをした。心の底で、パーシアスといつまでもセーリングを続けられたらいいのに、と思いながら。パーシアスの指導を受け、彼女はすでに甲板をよろけずに歩けるようになっていた。

ヨットをしっかり係留すると、パーシアスはサムに屈託のない笑顔を向けた。乱れた黒い髪、日に焼けたブロンズ色の肌。彼は十歳近く若く見えた。サムは胸を突き刺されるような痛みを覚えた。

パーシアスの姿をカンバスにとどめておきたい、と思った。今日のうちに、ラフスケッチを描《か》いておこう。いつか、かけがえのない宝物になるに違いない。

「キリア・コストポーロス……」パーシアスの驚くほど陽気な声がサムのもの思いをさえぎった。「今日の君は夫を誇らしげな気持ちにしてくれたよ。それに、もう十分働いた。旅行鞄《かばん》なんかの荷物は僕がまとめて持って降りるから、先に行っててくれ。ヤンニが桟橋のところで待っているはずだ」

「私に甲板のモップがけをやらせたくないってわけ？」胸の痛みを押し隠して、サムはからかうように言った。

「それはレッスン・ツーだ。今度教えてあげるよ」パーシアスが笑いながら応じた。

〝今度〟は決してないだろうと思いながら、サムは笑顔を保とうとした。

もう一度振り返って、パーシアスの姿を見たい衝動をこらえ、桟橋を行き来する人の間をぬうようにして歩いていく。初めて味わったセーリングの楽しさは、はかなく消えていた。彼がそばにいないと、美しい港の夕景色も色あせて見える。

「失礼《シグノーミ》」うわの空で歩いていたサムは、だれかとぶつかり、あわてて詫《わ》びた。

「サマンサ？」

聞き覚えのある声に、サムははっとした。父親が目の前に立っていた。

パーシアスがまたしても工作したに違いない。携帯電話を一本かけるだけですむことだった。あなたの娘を五時に波止場に連れていきますから、と。

パーシアスの二度目の裏切りに、サムは打ちのめされた。彼の姿をスケッチにとどめておこうという気持ちは完全に消え失《う》せた。サムが激しい心の動揺と闘っている間、父親の目はくい入るように彼女の顔を見つめていた。

昨日は二人ともサングラスをかけていたが、今日はどちらも顔を隠していない。認めたくはなかったけれど、サムは父親をなかなかハンサムだと思った。前に一度だけ雑誌の記事に載った小さな写真を見たことがあったが、その写真の父はサングラスをかけ、帽子をかぶっていたので、顔ははっきりとわからなかった。

胸の中で感情が激しく渦巻いていたにもかかわらず、サムは父親の目が自分の目と形も色も同じなのを見て取った。それに、唇の形もそっくりだった。二人がまぎれもなく父と娘であることを、遺伝的証拠が示していた。

「さぞかしご迷惑だったことでしょうね、パーシアスの見当違いから、はるばるこんなところまで呼び出されて。そんな必要はまったくなかったのに。私はこれまで父親なしでちゃんと生きてきましたし、今さら父親を必要としてはいませんから」残念なことに、サムの声はかすかに震えていた。

ほんの短い間があった。「私が出現したことで、ご主人を責めてはいけない」ジュールズ・グレゴリーは静かな口調で言った。「実を言うと、私もこれまで娘なしでちゃんと生きてきた。つまり、シチリアの地方紙に載った君と君のご主人の写真を見るまではね。昔、彼に、君のお母さんを描いた絵を買ってもらったことがある」

サムは硬い表情でうなずいた。「知ってます」

「新聞の記事には、君の結婚前の名字がテルフォードで、君たちが最近ニューヨークで結婚して、セリフォスの新居に戻ってきたと書かれていた。テルフォードは君のお祖父《じい》さんの姓だ。名前だけなら偶然の一致ということもあるかもしれないが、君のお母さんと驚くほど似ていることに胸騒ぎを覚えて、私は何時間も君の写真を見つめていた」父親は声を震わせて言った。「アンナが……私にとってとても大切な女性であるアンナが、会って確かめるべきだと強く勧めた。でも……私は、もし君が血を分けた自分の娘だとわかったとしても、君に拒否されるのではないかと思うと恐ろしかったんだ。しかし、数日考えた末に、セリフォスへ出かけていき、君に会って事実を確かめないうちは心の平和を取り戻せないことを悟った」そこで彼は一息ついた。「昨日、君を一目見ただけで、私の娘だとわかったよ」

サムは信じられなかった。父が自ら娘をさがしにやってきたことを知って、彼女は動揺していた。結局、パーシアスは二人の出会いには無関係だったのだ。そのことを知って、胸のつかえは取れた気がしたが、今度は自責の念に駆られた。自分はパーシアスを誤解して責めたてたのに、彼は一言も言い訳をしなかった……。

「昨日は……ごめんなさい、ひどいことを言ってしまって」

「当然さ。私は君のお母さんをずっと愛していた。プロポーズを拒否されてもね。ワイオミングのシャイアンを去ってから電話をかけたが、彼女は出てくれなかったし、手紙を書いても、返事をくれなかった。それでも愛していた」

シャイアン？　それでは、父はシャイアンにいたことがあるのだろうか？　いつごろのことだろう？

「でも、彼女が君の存在を私にずっと秘密にしていたことを許せるかどうかは自信がない」

秘密にしていた？

サムはほとんど息ができなかった。パーシアスの言ったとおり、母は事実の一部しか話してくれなかったのだろうか？

「私のことを……本当に知らなかったの？」

「ああ」

その一言だけで、サムは父親が嘘《うそ》をついていないことを確信した。

「ただ、彼女にお礼を言わなくてはならないことが一つある」父親の目は涙で光っていた。「二人の間に、すばらしい〝傑作〟を産んでくれたことだ」

父にほめられたことで、サムは胸がいっぱいになった。「ありがとう」彼女はささやくような声で言った。

苦しげな表情が父親の顔をよぎった。「ところで……お母さんは元気かい？」

サムはぐっと唾《つば》をのみこんだ。「母は去年亡くなったの」

父親の目に形容しがたい悲痛な表情が浮かぶのを、サムは目の当たりにした。父と母の間でどんな行き違いがあったにしろ、父が苦しんだことは明らかだった。

「こんなところで立ち話をしていないで、屋敷《ヴィラ》に戻ってゆっくり話したらどうだい？」背後からパーシアスの声がした。

お互いに顔見知りの二人の男は握手を交わした。

「お久しぶりです、ミスター・グレゴリー」

「ジュールズと呼んでください」

パーシアスがいつから二人の話を聞いていたのかわからなかったが、背後からがっしりとした温かい手で肩を支えられたとき、サムはほっとした。極度の興奮に、支えなしにはもう一秒も立っていられなくなっていたからだ。

「君はそうしたいのかい、サマンサ？」ジュールズ・グレゴリーは静かな口調で尋ねた。

「もしいやなら、私はシチリアに帰って、二度と君につきまとったりしないよ」

「いいえ、いやじゃないわ！」サムは反射的に叫んだ。「私は、母がなぜあなたを拒否したのか、その理由を知りたいの。それに自分の父親のことも。これまでずっと、私はあなたのことを憎んでいたわ。あなたに見捨てられたと思っていたから。あなたがシチリアにいることは知っていたけれど、どこにいようと私には関係ないって自分に言い聞かせていた。でも、本当はあなたをさがしたい気持ちを抑えていたの。あなたと会って、拒絶されるのが怖かったから。だから、お願い……行かないで」サムは懇願した。

「そう言ってくれて、うれしいよ」

サムは父親の頬を涙が伝うのを見つめた。それで十分だった。父親が腕を広げたとき、彼女はためらうことなくその中に飛びこんだ。

「信じられないよ」ジュールズはささやいた。「こんなかわいい娘がいるなんて。もっとも、もう成長した美しい大人の女性だけどね」

サムは泣きじゃくるだけで、なにも言えなかった。

「車はおありですか、ジュールズ？」

パーシアスの言葉に答える前に、ジュールズ・グレゴリーは何度か咳《せき》払いをしなければならなかった。「ええ。レンタカーを借りて、宿泊しているホテルに置いてあります」それから、彼はサムを見おろした。「片時も離れたくない気持ちだが、君はご主人と家に戻ったほうがいい。私はシャワーを浴びてから、改めてお宅を訪問するよ。今日は一日中、君を待っていたものだから。汗を流して身ぎれいにしなければ」

「一日中？」

ジュールズはほほえんだ。「君たちのところの家政婦から、君たちが今日セーリングに出かけていると聞いたんだ。でも、いつ港に戻るかはわからないと言われた。なんとしても君を見失いたくなくて、一日中待っていたんだよ」

サムは手で涙をぬぐった。「あなたが新聞で私の写真を見なかったら、私たちは会えなかったわけね」

「そのことは考えたくもないよ」ジュールズはもう一度強く娘を抱き締めてから、くるりと背を向けて去っていった。

「あまり待たせないでね」サムは叫んだ。

父親は手を振ると、走りだした。

「お父さんは僕たちに気をつかって、君に僕と一緒にヴィラに戻るように言われたんだと思うよ」少し離れてサムを見守っていたパーシアスが言った。「でも、お父さんが君を見つめる表情を見れば、少しでも君と離れていたくないと思っているのは明らかだ。もし君がお父さんとホテルで二人だけで話したいと思うなら、そうしたらいい。お父さんはきっと大喜びするよ」

「でも……父には少し時間が必要だわ」

「そして君にも？」

「私は……父が生きていることをずっと知っていたから。でも、父は昨日初めて自分に娘がいることを知ったのよ」サムはうなだれた。「パーシアス……あなたを責めたことを許して。ゆうべはひどいことを言ってしまったわ」

パーシアスは地面に置いていた旅行鞄を手に持つと、サムを促して歩きだした。「あやまる必要はないさ、サマンサ。もしかすると、君には僕を怒る権利があったかもしれないんだから。でも、もうその話はよそう」

サムははっとして顔を上げた。「父をさがして、私に会わせようと思っていたってこと?」

「ああ。でも、その必要はなくなった」

その正直な返事に、サムは返す言葉が見つからなかった。

二人は車のそばに立って待っているヤンニの方へ歩いていった。パーシアスがトランクに鞄を詰めこんでいる間に、サムはヤンニから預けた手紙を返してもらった。二人が後部座席に乗りこむと、すぐにヤンニは車をスタートさせた。サムはパーシアスの視線が手の中の手紙にそそがれるのを感じた。

「僕たちはまだお互いに相手を驚かすことができるようだね」

全身が熱くなった。「これを書いたとき、私はまともな精神状態じゃなかったの。どうぞ」サムは手紙を差し出した。

パーシアスは首を横に振った。「君がどういう気持ちで書いたかわかっているから。手紙は捨てたらいいさ」

サムは手紙をくしゃくしゃにまるめた。「あなたにまず尋ねるべきだったわ」

「本当は今も怒っていて、僕に説明を求めているんじゃないのかい？　いいだろう、キリア。君の好奇心を満足させてあげるよ。ニューヨークの君のアパートメントで、君に三つの願いをかなえてあげると言ったとき、君の態度から、僕はほかにもっと強い願いがあると確信したんだ。君は口に出そうとしなかったけれどね。そのあと、僕の寝室の絵を君に見せたとき、君がお父さんのことでどんなに苦しんでいるかを知った。それで、君のかなり複雑な心を解く鍵《かぎ》は、父親の存在だと思ったんだ」

パーシアスは私のことをよく理解している。私自身よりも……。

「ソフィアの失踪《しっそう》事件の真実を知るのに、僕は二十年間も待たなければならなかった。だから、僕の力で、君が一日でもエネルギーをむだに費やさないですむようにしてあげたいと考えたんだよ」

サムの口から深いため息がもれた。「説明してくれてありがとう。正直なところ、父との出会いを仕組まれたりしたら、あなたに腹を立てたかもしれないわ。人の問題に立ち入りすぎだと言って。でも、結局そんなことは忘れてしまったでしょうね。父と会ったことで、状況はすっかり変わってしまったから」

「君の美点の一つは寛大さだよ、キリア」

「でも、もっとあなたを信頼すべきだったわ」

パーシアスはやさしくサムの手を握った。「大切なのは、自分が愛されているとわかったことだ」

そのかすれた声がパーシアスの心の内を示していた。彼はサムの父親のことだけでなく、ソフィアのことも含めて言っていた。サムはふいに激しい嫉妬《しっと》を覚えた。だれかをこれほど妬《ねた》ましく思ったことはなかった。

嫉妬心を振り払いたくて、サムは思いきって言った。「あなたさえかまわなかったら、ニューヨークに発《た》つ前に、小人数のディナーパーティを開いてもいいわね」

パーシアスは驚いたような顔をした。「お父さんのためにかい？」

「実は、あなたとソフィアのことを考えていたの」ヤンニに聞かれないように、サムは小声で言った。「ニューヨークへ移るのは、あなたにとってはさぞかしつらいことだと思うわ。親しいお友達何人かと一緒なら、ソフィアがヴィラを訪ねてきたって、だれもなんとも思わないでしょう？　そうすれば、あなたがソフィアと二人きりになれるチャンスもあるでしょうし、そのとき彼女にちゃんとさようならを言えるわ。十一カ月も離れていなくちゃならないなんて、二人にとってはきっと永遠のように感じられるんじゃないかしら」

残念なことに、最後のほうはわずかに声がこわばった。でも、ソフィアを深く愛している
パーシアスはたぶん気づかなかっただろう。

「君の寛大さには本当に驚くよ」パーシアスがつぶやいた。ソフィアを思い出しているような遠い声だった。

サムは目をそらして窓の外を見やった。もはや自分に嘘をつくことはできなかった。父親と出会ったことはサムの人生で大きな出来事だった。だが、パーシアスに愛されることも、彼とベッドをともにすることも決してないだろうと思い知るのは、それ以上に激しく彼女の感情を揺さぶった。

サムは未来になんの希望も見いだせなかった。圧倒的なむなしさ以外なにも。この先、パーシアス・コストポーロスに匹敵するような男性と出会うことは決してないだろう。

ふと、パーシアスに自分の気持ちを勘づかれているのではないかという気がした。きっと、そうに違いない！

パーシアスが私と父親を対面させようと思ったのも、それが理由だったのではないだろうか？　二人の結婚を解消し、永久に別れたあと、私の喪失感を癒《いや》せるのは父親だけだと考えたのかもしれない。

もしそうだとしたら、パーシアスは間違っている！　だれも、パーシアスを失った心の傷を癒すことなどできはしない。たとえ父親でも……。

「サマンサ？」

サムははっとして振り返った。彼はいつから呼びかけていたのだろう？

「なに?」サムはためらいがちに言った。

「ソフィアを気づかう君の気持ちには感心するよ。でも、僕ら二人を会わせるために、ディナーパーティをカムフラージュに使うのは無理だ」

「喪に服している人は外出しちゃいけないの?」そんなばかげた慣習があるなんて想像できなかった。

「いや、そうじゃない、キリア。ソフィアは明日トルコに戻る予定なんだ。トルコでの仕事をそのままにしてきたから、その整理やなにかがあってね」

どうしてそんなことを知っているのだろう? ソフィアと電話で話したのだろうか?

サムは肘掛けを強く握った。

もういいかげんにしなさい、サム。あなたの知らないところでパーシアスがなにをしようと、あなたにはなんのかかわりもないことよ。

「彼女……どれくらいトルコにいる予定なの?」

「たぶん、仕事の整理がつくまでいるんじゃないかな」

おそらくパーシアスは今、ソフィアが明日トルコに発つことを思って、耐えがたい苦しみを味わっているのだろう。

サムはすばやく考えをめぐらせた。ヤンニがその英語の理解力からして、二人の会話をどこまで聞き取っているかは疑問だったが、念のため、パーシアスにぴったりと寄り添った。まるで、キスでもしようとしているかのように。

「パーシアス……」サムは彼の耳元でささやいた。「いったん家に帰ってから、私がソフィアを呼びに行ってくるわ。女どうしが連れ立っていたってなんの問題もないはずよ。父と私は海岸を散歩しながら話をするから、あなたはしばらくソフィアと二人きりで過ごせるわ。だって、フェアじゃないわよ、このまま彼女があなたと会わずにトルコへ……」

「君のその自己犠牲的な性格には限度というものがないのかい、キリア？」サムの言葉をさえぎって、パーシアスが言った。「もし僕が求めて得られないでいる慰めを与えてほしいって頼んだら？」

その言葉の意味を理解する前に、サムの唇はパーシアスの唇にふさがれていた。彼は情熱的にサムの唇をむさぼりはじめた。

きっとヤンニは誤解しているに違いない。パーシアスは家に帰るまで待てないほど妻と愛し合いたがっているのだと。だが、サムにとって、彼の官能的な口づけは拷問に等しかった。自分がソフィアの身代わりにすぎないことがわかっていたからだ。しかし、ソフィアの話を持ち出したことで、ついうっかり眠っている虎《とら》を起こしてしまったからには、代償を払わなければならなかった。なんともすばらしい代償を……。

だれかの身代わりであろうとなかろうと、パーシアスの手や唇が引き起こす快感に、サムは危険なまでに溺《おぼ》れていった。

「パーシアス……」彼の唇が首筋をたどりはじめたとき、サムはあえぎながら言った。「ヤンニがなんて思うかしら?」

「僕が思ってほしいように思ってくれるさ」

なめらかな肌にパーシアスの息がかかる。サムは弱々しく拒むようにうめき声をもらした。

「でも、もう家に着いたわ」今やサムは本気で彼の唇を避けようとしていた。「父がすぐにやってくるから」

「お父さんは僕たちを見て、熱烈に愛し合っている新婚夫婦だと思うさ」

「でも、私たちはそうじゃないのよ!」小さく叫ぶと、サムはパーシアスの固い壁のような胸を両手で押しやった。「父に誤解させるつもりはないわ。父には、私たちが結婚した理由を話すつもりよ。そうすれば、私たちが来年の夏にはもう一緒に暮らしていなくても、ショックを受けないですむでしょうから」きっぱりとそう言うと、サムは急いで車を降り、家の中へ駆けこんでいった。

着ているものを脱ぎ捨て、シャワーを浴びながら、サムは車の中でのことを思い返した。パーシアスに火をつけられた体はまだ熱く燃えている。もしあと一秒でも彼にあのままおかしくなったような行為を続けさせていたら、私はどうなっていただろう?

あんな官能的な行為を二度と繰り返してはならない。サムは明るいブルーのコットンのサンドレスを着ながら、強く自分を戒めた。明朝、私たちはニューヨークに発つ。ニューヨークでは、仕事を中心にした新しい生活が始まるだろう。お互いに忙しくて、パーシアスとはめったに顔を合わせることもなくなるはずだ。

白いサンダルをはいたとき、ドアをノックする音がした。サムの心臓ははねあがった。パーシアス？

ほっとしたことに、彼ではなく、アリアドネだった。家政婦は、お父様が応接室でお待ちになっています、と告げた。

「すぐ行くわ」娘の存在を知るなり、ギリシアまで会いに来てくれた父に、サムは改めて感謝していた。パーシアスのカリスマ的な魅力に対して盾となる人物を必要としている今、父親の出現は天の助けのように思われた。

応接室に駆けこんでいったサムは、ブルーのスーツを着た魅力的な父の腕に、もう一度進んで抱かれた。ジュールズはペイズリーのネクタイを締めていた。ネクタイはめったにしないけれど、今日は人生で最も幸せな日だからと、父は言った。

その言葉に、またしてもサムの目から涙があふれ出した。

パーシアスはまだ姿を見せなかった。たぶん食事の前に、父と娘に二人きりでゆっくり話し合える時間を与えようとしているのだろう。

それから数分間、二人は窓際の白い長椅子に座って、夢中でおしゃべりをした。お互いの似ている点を見つけたり、共通するしぐさなどを確かめ合った。二人とも左に首をかしげる癖があることがわかったときは、思わず声をあげて笑った。

「お二人にはもっとすばらしい共通点がありますよ」ふいに、男らしい低い声がした。

パーシアスはいつ入ってきたのだろう？

サムが振り向くと、驚いたことに、パーシアスは彼女のテーブルクロスや生地のサンプルを両腕にかかえて立っていた。

「僕たちが初めて会ったとき、サマンサの寝室のクローゼットの中で見つけたんです」それはサムの父親に、結婚前の娘の生活を誤解させかねない言葉だったが、パーシアスは気にもしていないようだった。「彼女には非凡な才能があると思いました。そのときは、彼女にジュールズ・グレゴリーの血が流れているとはぜんぜん知らなかったんです」

「見せてください」ジュールズが長椅子から立ちあがり、パーシアスが椅子の上に広げたサムの作品を一つ一つ吟味するように見ていった。サムは固唾《かたず》をのんでそのようすを見守った。「ハニー……君のご主人の言うとおりだ」興奮を隠しきれない声で父は言った。「君の作品はどこかマティスの絵を思わせる。でも、まったく独創的で、君自身のスタイルを持っている。豊かな色彩感覚はすばらしい」そして、娘の方を見て、涙声で続けた。「君をとても誇りに思うよ」

「ありがとう」サムは小さな声で言った。有名な父からそんなふうにほめられて、うれしさに胸がいっぱいになった。

「これはまだほんの一部にすぎないんです」パーシアスがさらに言った。「彼女は我が家の庭園を設計したんですよ。彼女のプランどおり庭が完成したら、きっとキクラデス諸島中の人が立ち寄って見ていくことでしょう。そうなったら、入場料を取らなくてはならない」

その言葉に、ジュールズが吹き出し、続いてサムが、そしてパーシアス自身も声をたてて笑った。

「そのうち、おおぜいの人が彼女に庭の設計を頼みに押しかけてくるかもしれない。でも、それは先のこととして、最近サマンサはすごい栄誉を受けたんです」

サムはパーシアスをいぶかしげに見つめた。いったいなんのことだろう?

パーシアスはよく響く低い声で続けた。「一週間前、彼女の卒業制作が最優秀賞に選ばれたんです。今はニューヨークの僕のオフィスビルのロビーに飾られています。大学から贈られた、彼女の名前と卒業年度が記されたブロンズの銘板と一緒にね。それに、一万ドルの賞金も出るんです」

父の喜びに満ちた喚声が響いた。だが、サムのほうは、あまりに思いがけないニュースに、それまでの幸せな気分が跡形もなく消え去るほど強いショックを覚えていた。

パーシアスが契約の条件の一つとして、芸術学部に莫大《ばくだい》な寄付をしたことを、サムは思い出していた。担当教授は私に賞を与えるしかなかったのではないだろうか?

パーシアスはサムの血の気の引いた顔を見つめた。「君がなにを考えているかはわかってるよ。僕は確かに優秀なアーティストのための基金を設立した。しかし、作品の選考に関しては、いっさい口出ししていない。もちろん、僕は君以上に、君のすぐれた才能に賞が与えられることを望んでいたけれどね。でも、それだけだ」

「パーシアス……」喜びに声がうわずった。「それ、嘘じゃないでしょうね? ほんとに私が最優秀賞に選ばれたの?」

「信じられない?」パーシアスはにやっとした。「ギリシアに発つ前に、君の友達のロイスに僕のアテネのオフィスの電話番号を知らせておいたんだ。ギディングズ教授の選考が決定したらすぐに結果を知らせてほしいと言ってね」

「まさか!」サムは信じられなかった。「それで、ロイスがあなたに知らせてきたの?」

「そう。彼女、君にまだテーブルクロスをもらってないと伝えてくれって言ってたよ。いつかサマンサ・テルフォードのオリジナル作品として高い値がつくだろうと期待しているみたいだった」パーシアスは不安そうな顔になった。「すぐに君に言わなかったことを、怒ってないといいんだが。単純な理由からなんだ。最高にふさわしい瞬間を選んで知らせたいと思ってね」そこで彼は間をおいた。「今日は君の人生で最高の日に違いない。お父さんとの間に親子の絆《きずな》が生まれたんだから。たぶん、君の受賞を知らせるのに、これ以上ふさわしいときはないんじゃないかな」

「パーシアス……」ジュールズが感きわまったように言い、娘を抱き寄せた。

サムは父の肩に顔をうずめた。絵の中の母のように自分の目にあふれている愛を、パーシアスに悟られることを恐れて。

あなたを愛しているのよ、パーシアス。もうそのことを隠していることに疲れてしまった……。

「食事にするよう、マリアに伝えてきます。準備ができたら、中庭《パティオ》にいらしてください」

サムは、パーシアスが応接室から出ていってくれたことに感謝した。さもなければ、父の腕の中で泣き崩れた姿を見られていただろう。

「私たちはお互いのことをまだよく知らないけれど、ハニー、君の涙はただのうれし泣きではないという気がするんだがね」

さすがに父はよく見ている。

「明らかに君はパーシアス・コストポーロスを愛しているし、彼も君を愛している。いったいなにが君の心を苦しめているんだい？　この二十四年間、私はまったく君の役には立てなかったわけだが、これからは力になりたいと思っている。なにを悩んでいるのか話してくれないか」

父親としての愛情と誠実さにあふれたその声は、サムがこれまで張りめぐらしてきた防壁を突き崩した。気がつくと、彼女はパーシアスとの結婚のいきさつについて語りはじめていた。

「……だから、彼は契約を果たしているだけなの」

「いや、違うね」ジュールズは驚くほどきっぱりと否定した。「今夜、彼が君のためにし

たような行為を男にさせるのは、愛だけだよ」

サムは悲しげに首を振り、父の腕から離れた。「パーシアスは生まれながらの名優なの

よ」

「つまり、君のお母さんのようにってことかい？」ジュールズは、両親が別れた理由を聞

きたいと思っていたサムにきっかけを与えてくれた。

「お母さんとの間になにがあったの？」

「ある夏、シャイアンでネイティブ・アメリカンの絵のシリーズに取りかかっていたとき、

私は君のお母さんと出会った。私たちはたちまち恋に落ちた。私はまだ駆け出しの絵描き

で貧しく、食べるだけで精いっぱいの生活だったが、そんなことは苦にならなかった。絵

がすべてだったから。少なくとも、お母さんと出会うまではね。その夏が終わるころには、

私は彼女と結婚するために、シャイアンで仕事につく決心をしていた。絵をあきらめよう

と思ったんじゃない。ただ、彼女と結婚したかったから、定職について、そのかたわら絵

を描きつづけていこうと思ったんだ」そこでいったん口をつぐみ、ジュールズは言った。

「しかし、彼女は私のプロポーズを拒絶したんだよ、ハニー」

「どうして？」

「彼女は言った。あなたと一緒にいるととても楽しいけれど、愛してはいない、と。彼女が嘘をついているのはわかっていたから、私は何度も繰り返しプロポーズした。でも、承諾してもらえなかった」

「きっとお母さんは自信がなかったのよ」サムは痛ましげに言った。

「ああ。彼女が画家としての私の足を引っぱることを恐れていたのは、あとになってわかった。彼女は私の絵の才能を信じていたから。でも、そのときは彼女に拒絶されたショックで、とてもシャイアンにそのままとどまる気になれなかった。それで、モンタナに移って、フラットヘッド族を描くことにしたんだ。それが間違いだった。私は毎日手紙を書いたが、彼女は一度も返事をくれなかった。電話をかけても、彼女は私と話そうとはしなかった。その後、私はニューヨークへ行き、幸運なことに作品が売れるようになった。私はもう一度彼女に、結婚できるだけのお金ができた、と手紙を書いた。航空券も送った。祈るような気持ちで返事を待ったが、なしのつぶてだった」

サムは母親のかたくなな一面を知っていた。

「その時点で私はあきらめたんだと思う。そしてヨーロッパへやってきたんだ。このセリフォスで、私はギリシア神話に題材を取った絵を描くようになった。そのころ、若かったミスター・コストポーロスにぜひにと懇願され、君のお母さんをモデルにした絵を売る気になったのは、運命のしわざとしか考えられない。私はもう彼女のことを忘れようと決心し、それからは決して過去を振り返らなかった。彼女が妊娠しているなんて、思いもしなかったから。ほんのわずかでもその可能性に思い至っていたら、私はシャイアンに戻って、強引に彼女と結婚していただろう」

サムはうなだれた。「信じるわ。お母さんは決して昔の話をしなかった。でも、今になってわかるの、お母さんはきっと後悔していたに違いないって」

「彼女は一度も結婚しなかったのかい？」

「ええ。ほかの男性に目が向かなかったんだと思うわ」

ジュールズは重苦しいため息をついた。「お互いに深い傷が残ったんだね。私も二度と結婚しようとは考えなかった」

サムは思いきって尋ねた。「アンナとはどれぐらい一緒に暮らしているの？」

「十一年間だ」

サムはにっこりした。「男の人は自由を失うことを恐れてなかなか結婚の決心がつかないって聞くけど、それにしても十一年間とはね。もうプロポーズしてもいいころじゃない？」

ジュールズはくすくす笑いながら、もう一度サムを抱き締めた。「君の言うとおりかもしれない」

「お父さん……」サムは震える声で初めて父に呼びかけた。「もう過去の悲劇から自由になって。お母さんだって自分がしたことの埋め合わせをしようと努力したのよ」

「どういうことだい？」

「お母さんは私がお父さんの才能をほんのわずかにしろ受け継いでいるのを知って、アートの世界に進ませようとニューヨークに引っ越したの。二人でビルの掃除をして生活費を稼いでいたのよ」父の表情が曇るのを見て、サムは胸を打たれた。「お父さんの話を聞いて思ったんだけど、お母さんはお父さんとばったり再会することを心のどこかで望んでいたのかもしれないわ。死ぬ間際に、ようやくお父さんの名前を教えてくれたの」

「そのことに感謝するよ」ジュールズはつぶやくように言うと、サムの目をまっすぐに見つめた。「では、話を振り出しに戻そう。歴史を繰り返してはいけないよ。パーシアスをあきらめてはだめだ」

サムは目をそらした。「彼とのいきさつはすべて話したでしょう？　お父さんとお母さんの場合と、私たちの場合はぜんぜん違うのよ」

「たぶん、彼が君と結婚したこととソフィアの問題はあまり関係ないんじゃないかな。そんな気がする」

「どういうこと？」

「ハニー……」ジュールズは謎《なぞ》めいた笑みを浮かべた。「彼は私の絵に惚《ほ》れこんでいたんだよ。彼のオフィスに君が現れたとき、彼はたぶん幻覚を見ているんじゃないかと感じたはずだ。私がなにを言おうとしているかわかるだろう？」

「でもパーシアスは、一年たったらソフィアと結婚するつもりでいるわ」

「本当に？　二人は二十年間も離れていたんだよ。愛ははぐくんでいくものだ。パーシアスが実際、彼女と結婚すると君に言ったのかい？」

サムは記憶をたどろうとしたが、混乱していて、はっきりとは思い出せなかった。「たぶん……言ったと思うわ」

「確信がないようだね。彼にきいてみたらどうなんだい？」

「そんなこと、できないわ」

「お母さんが結局私を求めていることに気づきながら、私と連絡を取る勇気が持てなかったように？　人生は短いんだよ、ハニー。答えがわかるのをただじっと待ってちゃいけない」

サムの胸には期待が芽生えかけていた。強い不安とともに。

父の忠告に思いきって従ってみるべきだろうか？

# 11

時計の針は午前二時十分を指していた。父は三十分前に、二週間ほどしたらアンナと一緒にニューヨークへ訪ねていくと約束して、帰っていった。

パーシアスは、食事の席で申し分のない洗練された接待役《ホスト》ぶりを発揮したあと、気をきかせて早めに寝室に引き取っていた。

サムは大きく目を見開いたままベッドに横たわり、父との会話を繰り返し思い出していた。自分が母と似ていると思ったことはなかったが、結局、母と娘は似てしまうのかもしれない。愛している相手に立ち向かい、幸せをつかみ取るには、自信と勇気が必要なのだ。

風景画家だというアンナは、自分の愛に自信を持っていて、愛する人と一緒になるためなら、どんなことでもする決意らしい。そう、たとえ十一年間待ちつづけることさえも。それほどまでして、ジュールズ・グレゴリーのような複雑な男を自分のものにしようとする勇気が、どこから出てくるのだろう？

サムは寝返りを打ちながら考えた。私には、答えがわかるまで、十一カ月はもちろん、十一日だって待つことなどできない。たぶん地獄のような苦しみを味わう結果になるだろうけれど、それでもこの先一年間も悶々《もんもん》と悩みながら待つよりは、今すぐ真実を知るほうがましだと思える。

サムはベッドから勢いよく足を下ろし、ガウンをはおると、裸足《はだし》でパーシアスの寝室との境のドアまで歩いていった。心臓が喉から飛び出しそうなほど大きく打っている。彼女はノックをしようと手を上げ、ためらった。彼が眠っていたら、目を覚まさせたくない。

そんなの言い訳よ、サム。

勇気をふるい起こそうと、もう一度深呼吸をしてから、再び手を上げ、ドアをたたいた。

そのとたん、ドアが開いた。

「パーシアス！」サムは驚いて叫んだ。茶色のガウンを着たパーシアスが目の前に、それもぶつかりそうなほど間近に立っていたので、彼女は一歩下がった。

「君がノックするのを待っていたんだ」

パーシアスの思いつめたような顔に、サムは不安を覚えた。

「どうして？」

ぎこちない沈黙のあと、パーシアスは口を開いた。「君には話したいことがあるに違いないと思ってね。生まれて初めてお父さんと親子の名乗りをしたのに、すぐに別れなくてはならなかったんだから」

パーシアスはいつも自分の気持ちより私の気持ちを優先しようとしてくれる……。

「ええ、まあ。父が帰っていくのを見送るのはつらかったわ」暗がりの中、サムはパーシアスの顔がこわばるのを感じた。

「お父さんは君に、シチリアに一緒に来てほしいとおっしゃったんじゃないのかい？　それで僕は、君が僕の許可を求めようとしているんじゃないかと思って……」

思いもかけない言葉に、サムはあっけにとられた。「実は……」

「お父さんを責めることはできないさ」パーシアスは気ぜわしくさえぎった。「もし君がようやくさがし当てた娘だったら、僕だってきっと君を家に連れて帰ろうとするだろう」

「そうでしょうね、あなたはギリシア人だから」話が深刻になりすぎないように、サムはちょっとおどけて言った。「でも父は、私がもう小さな子供じゃないってことに気づいていたわ」

だが、彼女のユーモアはパーシアスには通じなかった。

彼はまじめな口調で言った。「二人で一緒に行けば、問題はないさ」

サムは疑わしげな顔をした。「あなたも一緒に？　でも、あなたがついてくる理由はないわ」

「世間的には僕たちはまだ新婚期間にある。もし君が僕のもとを去って、お父さんと一緒にシチリアへ行ったりしたら、マスコミはあることないこと書きたてるだろう。連中はソフィアがトルコへ出発することと結びつけて考え、僕がどこかで彼女と落ち合うつもりではないかと、あとをつけまわすかもしれない。でも、もし君と僕が一緒に旅行に出かけるなら、だれも不思議には思わないだろう」

サムの心臓は早鐘を打っていた。これはなにを意味しているのだろう？　父の言うとおりなのだろうか？　パーシアスがシチリアへ一緒に行くことを思いついたのは、私と離れたくないからだろうか？　もしそうだとしたら……。

それとも、ソフィアとの将来を傷つけるようなスキャンダルを、あくまで避けようとしているのだろうか？

サムは咳《せき》払いをしてから言った。「そのことは別に今問題にしなくてもいいんじゃないかしら、パーシアス。実は、私のほうから父にニューヨークへ来てほしいって頼んだのよ」

張りつめた沈黙が流れた。

なにかまた間違ったことを言ってしまったのだろうか？　サムは不安になった。

「もし君がお父さんに僕たちと一緒に住んでほしいと頼んだのなら、僕には異存はない。君がそれを望んでいるのならね」

「とてもありがたい言葉だけれど、でも、アンナには別の考えがあるかもしれないわ。たぶん、父はシチリアに戻ったらすぐに彼女に結婚を申しこむはずよ。父とアンナが二週間後にニューヨークにやってきたとき、二人のために婚約パーティを開いてあげられるんじゃないかと思うの」

突然、パーシアスがサムの腕をつかみ、やさしく揺すった。「正直に言っていいんだよ。自分のことを見捨てたと思っていたお父さんとやっと会えたのに、そのお父さんがまた去っていってしまって、打ちのめされているんじゃないのかい?」

「いいえ。今の私は父に愛されていることがわかっているし、これからもずっと親しくつき合っていくつもりでいるから。もう私は子供じゃないのよ。パパにベッドに入れてもらって、本を読んでもらう必要はないわ。それに、私には面倒をみてくれる夫がいるもの」

最後のほうは声が震えてしまった。

「人が聞いたら、君は幸せな新妻で、一生夫と添いとげるつもりだと思うだろうね」パーシアスの指がサムの腕にくいこんだ。「僕が気づいていないと思っているのかい?」彼は自嘲《じちょう》するように言った。「君は、お父さんといられるなら、魂だって売り渡すだろう」

「あなたは誤解してるわ、パーシアス。私はあなたと一緒にいるつもりよ。なぜなら……」

「その理由なら、わかっているさ。君の高潔な心が契約を解消することを許さないからだ」

「いいえ、違うわ。これまであなたにいろいろとしてもらって感謝はしているけれど、だから契約を守ろうとしているわけじゃないの。それより、契約を解消したいと思いながら、できないでいるのはあなたのほうじゃない？　ソフィアと結婚できるまで、世間に対して幸せな新婚家庭のイメージを保ちたいからなの？」サムは悲痛な声で叫んだ。

長い間があってから、ようやくパーシアスは答えた。「ソフィアと結婚することは絶対にない。君がそれを望んでいるのはよくわかっているけどね、キリア」

絶対にない？

「どうして？　なにが変わったって言うの？　ソフィアに対するあなたの愛は変わっていないし、彼女のあなたに対する愛も変わっていないのに！」声が震えるのを、サムはどうにもできなかった。

「ああ、そのとおりだ」

それがあなたの求めていた答えなのよ、サム。やっぱり父は間違っていたんだわ。

サムは必死で平静を保とうとしながら、抑揚のない声で言った。「それじゃ、なにが問題なのかわからないわ」

「君にすべてを話していなかったんだ」パーシアスは歯ぎしりしながら言った。「ソフィアには息子がいて、その息子がトルコの、ある村の娘を愛していてね、それで彼女は悩んでいるんだよ」

パーシアスがなにを言おうとしているのか、サムはわからなかった。

「息子はギリシアには住みたくないし、ソフィアは息子と離れて暮らすことには耐えられないと思っている」

サムは尋ねずにはいられなかった。「その……息子って、あなたの子供なの?」

「違う」パーシアスはきっぱりと否定した。

「つまり、もしソフィアと結婚したら、あなたはトルコに住まなくてはならないってこと?」

「ああ」パーシアスは低い声で答えた。「そんなことは問題外だ。だから、僕にはもう君に契約を守るように要求する権利はなくなったと言える」しばらく間をおいてから、彼は続けた。「君はもう自由にしていい。どこで暮らそうが、なにをしようが好きにしたらいい」

自由にしていい……。それこそ、サムが恐れていた言葉だった。

パーシアスが帰りの車の中で、強引にサムを抱きすくめ、唇を奪ったのも不思議ではなかった。パーシアスはソフィアに対する欲望と闘っていたのだ。

「契約の一部はまだ効力を失っていない。僕は、ここであろうと、ニューヨークであろうと、シチリアであろうと、君が仕事で身を立てられるようにしてあげるつもりだ」

「シチリアですって?」サムはかっとしてどなった。「そんなところに住みたくないわ! 残りの契約なんか守っていただかなくてけっこうよ!」

「でも、君の人生にはだれかが必要だよ、サマンサ。君のお父さんなら……」

「父の話はもうたくさんだわ！」全身が震えだしていた。「あなたは一刻も早く私にここから出ていってほしいようね。パスポートを返してもらえたら、朝一番で、身一つで出ていくわ。落ち着き先が決まり次第連絡するから、私の生地のサンプルやテーブルクロス類は、ご面倒でも送ってちょうだい。それじゃ、もう失礼して……」サムは言葉を切り、一息ついた。「ベッドに戻りたいんだけど。とても疲れているの」

「僕もさ」おもねるような声だった。「できたら、妻と一緒にベッドに入りたい」

サムは体の中を稲妻が貫いたように感じた。熱い炎が顔を包む。

「とんでもないわ、パーシアス。あなたはたった今私を契約から解放してくれたのよ。私はもうソフィアの代役をしなくていいはずだわ。私はかりそめの妻だったのよ、忘れたの？」

「いや、忘れてはいないさ」パーシアスはいらだたしげに言った。「自ら招いたこととはいえ、君と結婚して以来、僕はずっと地獄のような苦しみを味わってきたんだ」

いったい彼はなんのことを言っているのだろう？「地獄のような苦しみって、それは愛する女性から引き離されたからでしょう！」

「そのとおりさ。でも、ソフィアは僕の初恋の女性にすぎない。大人になりかけの少年だった僕は、愛らしくて刺激的な少女に夢中になった。しかし、愛ははぐくんでいくものだよ、キリア」

父も同じことを言っていた。

「僕がソフィアに抱いていた感情は、もうずっと昔に消えてしまった。もちろん、彼女は僕の思い出の中に、特別な存在としていつまでも生きつづけるだろうけどね」

「ソフィアはまだあなたを愛しているわ」

「僕の思い出を、だ」パーシアスは訂正した。「僕と同じように、彼女も過去に終止符を打たなければならない。トルコに戻って、新しい生活を始めるのはいい機会だ。彼女は愛情豊かな美しい女性だから、また新しい出会いがあるだろう。いつか幸運な男が彼女の心をとらえるはずだ。それに、彼女には愛する息子もいる」

「この二十年間ずっと彼女の行方を求めつづけていながら、どうしてそんなふうにあっさり言えるわけ？」

「僕がソフィアをさがしていたのは、彼女がなぜあんなことをして姿を消したのか、その理由を知りたかったからなんだ。それに、彼女の身になにかあったのではないかと、ずっと心配していたからだよ。ギリシア人はいったん人を憎むと、徹底的に憎む。彼女の父親が僕を憎んだようにね」

「恐ろしいことだわ」サムはつぶやいた。

「確かにね。僕は、彼女の父親が娘に憎しみを抱くことを恐れた。そして不幸にも、僕の不安は当たった。僕は長い間、彼女を愛したことに罪の意識を感じていたんだ。そのために彼女を不幸に陥れたんだからね」

サムはパーシアスに一歩近づき、彼のがっしりとした温かい腕にためらいがちに触った。

「だから、電話番号が見つからなかったとき、あなたはあんなに動揺したのね」

「ああ……。あらゆる調査機関を使って調べても、父親が彼女をどこへやったかはわからなかった。彼女が生きていて、僕と連絡を取ろうとしているらしいという知らせが入ったとき、ようやく罪の意識から解放された思いだった。ただ深い感謝の念しか覚えなかった」

サムは固く目をつぶった。「そんなあなたに向かって、私は、自分の卒業制作のほうが電話番号より大事だなんてどなったりして……」

混乱した気持ちを整理し、自分を最も悩ませている疑問を口にする勇気をふるい起こすまでに、サムはしばらく時間がかかった。

「でも……それじゃ、なぜ私とあんな契約を結んだりしたの?」

パーシアスは両手でサムの顔を包み、自分の方に向かせた。「本当に真実を知りたいのかい?」

「ええ、もちろんよ!　もう嘘《うそ》はまっぴらだわ!」

「それならいい」

部屋が傾いたと思った瞬間、サムはパーシアスに抱きあげられていた。彼はサムを自分のベッドへ運んでいき、マットレスの上に横たえると、彼女の上におおいかぶさった。

「君は正直な答えを求めた」パーシアスは繰り返しキスをしながら、ささやいた。「僕も君に正直に答えてほしいんだ……なぜ君が醜い傷跡のある悪魔と契約を結んだのか、その理由をね」

「醜くなんかないわ、私はこの傷跡を愛しているの」サムは無意識につぶやきながら、パーシアスの顎の傷にキスをした。「あのとき、私はあなたの恋が無残にも破れたことに同情したの。たぶん……あなたを慰めたいと思ったんだわ」

パーシアスは頭をもたげ、サムを見おろした。「僕も君に同情を覚えた。君がだれかに深く傷つけられたことがあるような気がしてね。そして、君が二度と傷つかないように君を守ってあげたいと思った。でも、同情だけで、女性が見知らぬ男と、結婚などという強い拘束を受ける契約を結ぶわけがない。ほかに理由があるはずだ」彼はたくましい長い脚をサムの脚にからませ、ガウンからのぞいている彼女のなめらかな肩にキスした。

「あなたは知ってるはずよ、私があなたを愛していることを」サムはささやいた。「そう、理由はあなたを愛していたからよ、パーシアス。それが私の唯一の理由。私はあなたと本当に結婚したいと思ったの。神の前で、私は心から誓いの言葉を述べたのよ。あなたのそばにいるためなら、私はなんでもしようと思ったわ。なんでもね！」

「それじゃ、僕たちはお互いに一目で恋に落ちたってわけだ」そうささやき返すと、パーシアスは再びサムの唇を奪った。「君が初めてオフィスに入ってきたとき、僕はアンドロメダの化身かと思った。金色の髪とうっとりするような美しい顔があの絵の女性にそっくりだったから。僕は本当にアンドロメダを海から救いあげたような錯覚を覚えた。なにしろ君はずぶ濡《ぬ》れだったからね。たいていの人は僕にお世辞を使うのに、君は早口でまくしたてながら僕につめ寄った。僕はその魅力的な唇を見つめながら、君を一生自分のものにしたいと思ったんだ」

自分の言葉を立証するように、パーシアスはサムの唇をむさぼった。彼女の口からうめき声がもれるまで。

「そして、僕は君の同情を引くことを当てにして、非常識な取り引きを考えついた。僕に夢中になるまで、君を縛りつけておくためにね。僕の心はまだ傷ついている。でも、神は僕の心を癒《いや》すために君という秘薬を与えてくださった。君は僕のアンドロメダなんだよ、サマンサ。僕はどうしようもなく君に恋している。本当だ！」それは、感情をあらわにした声だった。

サムの胸に喜びがこみあげてきた。「父が、あなたは私を愛しているって言ったの。そして、あなたを愛しているなら、ソフィアと本当に結婚するつもりなのか、あなたにきくべきだともね」

「それで、今夜僕の部屋のドアをノックしたんだね」

「そうよ。私はあなたに恋い焦がれていたのよ、パーシアス。あなたのオフィスビルのエレベーターに、体が触れ合わないように身を硬くして乗りこんだ瞬間から」

パーシアスはくすくす笑いながら、サムの髪に顔をうずめた。

「本当よ。だから、あなたが結婚の話を持ち出したとき、それが偽りのものだろうと、ためらわずに飛びついたの」

「君を愛している《アガペ・ム》」パーシアスは母国語でささやいた。「君がミスター・コストポーロスと僕に呼びかけた瞬間から、僕は君を愛していた。君を自分だけのものにしようと決心したのはそのときだ」

「うれしいわ」サムはささやき、自分から彼に唇を重ねた。

「今夜君がドアをノックする前に、僕が考えていた罪深い企《たくら》みを知ったら、そうは言わないだろうと思うよ」

「罪深い企みって？」

「夜が明けたら、君はきっとお父さんと一緒にここから去っていってしまうと思っていたんだ。そのことを考えると、僕は気がおかしくなりそうだった。君をとめる権利がないのはわかっていたからね」パーシアスは一瞬、体を震わせた。「でも、どうしても君を行かせたくなかった。それで、君を誘拐する計画を立てたんだ」

サムは目を大きく見開いた。「誘拐?」

パーシアスはうなずいた。「ある意味で、僕はソフィアの父親よりも冷酷な悪人かもしれない」

「パーシアス……そんなこと言わないで。あなたほどすばらしい男性はどこにもいないわ。だから、おおぜいの女性たちが、あなたに愛されて、あなたの妻になることに憧《あこが》れるのよ」

「僕の企んでいた計画を聞いたら、君の考えも変わるかもしれない」

「絶対に変わらないわ!　でも、試しに話してみて、その誘拐計画を」サムはほほえみながら言った。

「ティノス島の近くに小さな無人島があるんだ。だれも寄りつかない島だよ。まずヨットでアテネまで送っていく、と君に言う。船には非常の場合に備えて十分な食料が蓄えてあるんだ。途中、その島に上陸して、砂浜で食事をとることにする。それで、僕はそこで病気になったふりをする。そうしたら君は、僕が回復するまで看病しなければならなくなる。君はやさしい性格だから、疑ったりしないだろう。そして、一週間ほどして僕が回復するころには、君も僕を愛していることを認めると考えたんだ。もしそれまでに君が自分の気持ちに気づかなかったら、本当に恐ろしいことをするつもりだった。必要なら、あの絵のアンドロメダのように鎖で岩に縛りつけてもいいと思っていたんだよ。僕を愛しているって、君が叫ぶまでね」

サムは笑みを浮かべた。「嘘よ。そんなこと、するつもりなんかなかったくせに」

「サマンサ……」せわしなくサムの唇に唇を這《は》わせながら、パーシアスはささやいた。「結婚の契約の条件に、ベッドをともにすることをどんなに加えたかったか、君には決してわからないだろうな」

「どうして加えなかったの？ 私はあなたと愛し合いたくてうずうずしていたのよ」サムは正直に告白した。「あなたが愛しかけては途中でやめてしまうたびに、私は死ぬほどの苦しみを味わったわ」

「それは、君が心から僕を愛してくれるのでなければ、ベッドをともにしたくなかったからさ。君が義務を果たすために僕に抱かれるのは絶対にいやだった」

「ああ、パーシアス。私がどんなにあなたを求めていたか、どんなにベッドをともにしたいと思っていたか、あなたには想像もつかないでしょうね。もう待てない。私を愛して。あなたが欲しいの。愛してるわ、パーシアス」サムは欲望に震える声で叫んだ。

「アガペ・ム」パーシアスはかすれた声でささやき、彼女を抱き締めた。

「お願い、パーシアス。いつか、その無人島へ連れていって。そこであなたと愛し合いたいの」

パーシアスの満足げなうめき声が聞こえた。

「正直に告白するとね、ダーリン……あなたがソフィアをデロス島へ連れていった話を聞いたとき、嫉妬《しっと》を感じずにいられなかったわ。どうしようもなくね」

パーシアスはサムの顔から首にかけて、キスの雨を降らした。「約束するよ。あの、だれも知らない僕たちだけの島で、何度でも愛し合おう。僕たちの幸せを壊そうとする嫉妬深い神々から逃れてね」

ふいに恥ずかしさがこみあげてきて、サムは彼の首に顔を押しつけた。「あなたのために、すぐにも息子か娘が欲しいわ。あなたにすべてを与えてあげたいの」

パーシアスはサムのガウンを脱がせはじめた。「本当に島へ行きたいのなら、数カ月いる覚悟はあるかい？　それくらいは君を自分だけのものにしておきたいんだ」

サムは、彼が本当の夫婦の契りを結びたくてたまらなくなっているのを感じた。

「でも、二カ月後に私の鎖を解いて、報告のために父のところへ連れていってほしいの」

パーシアスは彼女の髪に顔をうずめた。「いいとも。僕は君のどんなささやかな願いも聞き届けてあげたいと思ってる」

「気をつけたほうがいいわよ、ダーリン」サムはからかうように言った。「この間あなたが私にそう言ったとき、どんなやっかいなことを引き受けさせられたか、忘れたの？」

パーシアスの口から低い笑い声がもれた。「かまわないさ。君の頼みなら無条件でなんだって引き受けるよ」

「それじゃ……最初の男の子の名前だけど、ヘラクレスがいいんじゃ……」

「いいとも」パーシアスはさえぎった。今や彼のキスは深く、荒々しくなっていた。「でも、ほかになにか頼みたいことがあるなら、あとにしてくれ。もっと、ずっとあとにね」

●本書は1999年4月に小社より刊行された作品を文庫化したものです。

# 三つのお願い

2024年5月1日発行　第1刷

著　者　レベッカ・ウインターズ

訳　者　吉田洋子（よしだ　ようこ）

発行人　鈴木幸辰

発行所　株式会社ハーパーコリンズ・ジャパン
東京都千代田区大手町1-5-1
04-2951-2000（注文）
0570-008091（読者サービス係）

印刷・製本　中央精版印刷株式会社

定価はカバーに表示してあります。
 ISBN978-4-596-77584-9

4月26日発売

# ハーレクイン・シリーズ 5月5日刊

## ハーレクイン・ロマンス　愛の激しさを知る

独りぼっちで授かった奇跡　ダニー・コリンズ／久保奈緒実 訳

億万長者は天使にひれ伏す　リン・グレアム／八坂よしみ 訳
《純潔のシンデレラ》

霧氷　ベティ・ニールズ／大沢　晶 訳
《伝説の名作選》

ギリシアに囚われた花嫁　ナタリー・リバース／加藤由紀 訳
《伝説の名作選》

## ハーレクイン・イマージュ　ピュアな思いに満たされる

生まれくる天使のために　タラ・T・クイン／小長光弘美 訳

けなげな恋心　サラ・モーガン／森　香夏子 訳
《至福の名作選》

## ハーレクイン・マスターピース　世界に愛された作家たち　～永久不滅の銘作コレクション～

情熱は罪　ペニー・ジョーダン／霜月　桂 訳
《特選ペニー・ジョーダン》

## ハーレクイン・ヒストリカル・スペシャル　華やかなりし時代へ誘う

路地裏をさまよった伯爵夫人　アニー・バロウズ／琴葉かいら 訳

ふたりのアンと秘密の恋　シルヴィア・アンドルー／深山ちひろ 訳

## ハーレクイン・プレゼンツ作家シリーズ別冊　魅惑のテーマが光る極上セレクション

秘密の妻　リン・グレアム／有光美穂子 訳

5月15日
発売

# ハーレクイン・シリーズ 5月20日刊

## ハーレクイン・ロマンス

愛の激しさを知る

**幼子は秘密の世継ぎ**　シャロン・ケンドリック／飯塚あい 訳

**王子が選んだ十年後の花嫁**　ジャッキー・アシェンデン／柚野木　菫 訳
《純潔のシンデレラ》

**十万ドルの純潔**　ジェニー・ルーカス／中野　恵 訳
《伝説の名作選》

**スペインから来た悪魔**　シャンテル・ショー／山本翔子 訳
《伝説の名作選》

## ハーレクイン・イマージュ

ピュアな思いに満たされる

**忘れ形見の名に愛をこめて**　ブレンダ・ジャクソン／清水由貴子 訳

**神様からの処方箋**　キャロル・マリネッリ／大田朋子 訳
《至福の名作選》

## ハーレクイン・マスターピース

世界に愛された作家たち
～永久不滅の銘作コレクション～

**ひそやかな賭**　ベティ・ニールズ／桃里留加 訳
《ベティ・ニールズ・コレクション》

## ハーレクイン・プレゼンツ作家シリーズ別冊

魅惑のテーマが光る極上セレクション

**大富豪と淑女**　ダイアナ・パーマー／松村和紀子 訳

## ハーレクイン・スペシャル・アンソロジー

小さな愛のドラマを花束にして…

**シンデレラの小さな恋**　ベティ・ニールズ他／大島ともこ他 訳
《スター作家傑作選》

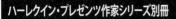

祝 ハーレクイン
日本創刊
45周年！

Harlequin 45th Anniversary

大好評！！

巻末に
特別付録
付き

～豪華装丁版の特別刊行 第4弾～

ヘレン・ビアンチンの
全作品リスト一挙掲載！
著者のエッセイ入り

# 『純愛を秘めた花嫁』

「一夜の波紋」…ヘレン・ビアンチン

つらい過去のせいで男性不信のティナは、ある事情からギリシア大富豪ニックと名ばかりの結婚をし、愛されぬ妻に。ところが夫婦を演じるうち、彼に片想いをしてしまう。

「プリンスにさらわれて」…キム・ローレンス

教師プルーの自宅に侵入した男の正体は、王子カリムだった！
妹が彼女の教え子で、行方不明になり捜索中らしく、
彼は傲慢に告げた。「一緒に来なければ、君は後悔する」

「結婚はナポリで」…R・ウインターズ

母が死に際に詳細を明かした実父に会うため、
イタリアへ飛んだキャサリン。そこで結婚を望まない
絶世の美男、大富豪アレッサンドロと出逢い、
報われぬ恋に落ちるが…。

5/20刊

(PS-116)